图书在版编目（CIP）数据

寻轲 / 熊轲著 . — 太原：山西人民出版社，2023.5
ISBN 978－7－203－12783－3

Ⅰ.①寻… Ⅱ.①熊… Ⅲ.①诗词－作品集－中国—当代
Ⅳ.①I227

中国版本图书馆 CIP 数据核字（2023）第 060093 号

寻　轲

著　　者：	熊　轲
责任编辑：	郝文霞
复　　审：	刘小玲
终　　审：	贺　权
装帧设计：	大奥文化

出 版 者：	山西出版传媒集团·山西人民出版社
地　　址：	太原市建设南路 21 号
邮　　编：	030012
发行营销：	0351－4922220　4955996　4956039　4922127（传真）
天猫官网：	https://sxrmcbs.tmall.com　电话：0351－4922159
E － mail：	sxskcb@163.com　发行部
	sxskcb@126.com　总编室
网　　址：	www.sxskcb.com

经 销 者：	山西出版传媒集团·山西人民出版社
承 印 厂：	北京建宏印刷有限公司

开　　本：	880mm×1230mm　1/32
印　　张：	10.25
字　　数：	150 千字
版　　次：	2023 年 5 月第 1 版
印　　次：	2023 年 5 月第 1 次印刷
书　　号：	ISBN 978－7－203－12783－3
定　　价：	79.80 元

如有印装质量问题请与本社联系调换

代序：寻轲者终遇丰柯

听闻熊轲个人诗词集《寻轲》即将付梓，作为与他相识多年的朋友，我感到非常开心。当他把模拟本拿给我看时，我被其中展现出来的才情深深吸引。

得益于这个伟大恢弘的新时代，我们这一代人才能够在文学园地自由驰骋，用自己的文字去描写和记录世界。正如本书的书名《寻轲》一样，熊轲是一位诗词世界的探寻者，他将自己对生活的真挚情感融入一行行诗句当中，于诗词的瀚海航行，追问人生的真谛。《寻轲》不仅仅是熊轲自己写作生涯中的一座里程碑，更是对中国传统诗词的继承和发扬。

我静下心来品读，作品所展现的大时代的气派令我折服不已。这一首首质朴真挚的诗词，不仅反映了一名新时代青年丰富多彩的成长历程，还饱含着他对故土的深深眷恋和对劳动人

民的由衷讴歌。"故乡"是书中出现最多的词语，也是作者熊轲的精神家园和灵魂寄托，正是这片沃土滋养着他的文学初心。熊轲用诗词记录着自己的日常生活，以简洁生动的语言将生活中所蕴含的深刻哲理娓娓道来，这种举重若轻的写作风格给读者以静水流深的震撼。

熊轲近二十年来的人生经历，就沉淀在这本书的字里行间。当你翻开这本书时，你会遇见一位朝气蓬勃的少年。寻轲者终遇丰柯，我相信在未来的人生中，熊轲一定会收获更加丰盛的成果；愿更多的人聆听他的心声，愿熊轲遇到更多的知音！

朱炜泽
2023年2月于娄底

目录

寻辑

牵梦辑 / 01

清韵辑 / 17

桑梓辑 / 37

令序辑 / 55

天律辑 / 71

山水辑 / 141

物性辑 / 221

寻古辑 / 245

田园辑 / 267

素情辑 / 289

牵梦辑

寻轲

　　这是一部精致的、璀璨的诗词作品集。作品从日常中走来，有天地，有历史，有生活，有情怀，而且具有很强的民间基调。诗人气定神闲，抵达"不以物喜，不以己悲"的境界。

　　——中国作家协会会员，《大江文艺》执行主编　徐春林

感 怀

雨催碧影湿芙蓉,懒倚灯前醉面红。
半首新诗犹未得,一书旧句漫成空。
不须檀板歌清曲,常共玉箫咏古风。
欲卖落花斟薄酒,自知情切倦朦胧。

相思吟

沉醉馀香款款风,月斜窗槛寂寥中。
莞然三顾相思瘦,恋此千重所寄穷。
寸札奈何痴历落,灯花聊许缀朦胧。
折枝自笑今般味,蓦蓦春浓翠滴红。

牵梦辑

秋夜忆人

等闲听信金风度,不解幽虚晚色凝。
坐对芳樽言玉质,心依锦字许红绳。
全添寒意蓉城梦,半染香枫雨径灯。
此际星沉图一味,可堪浅醉影千层。

约　客

萤火搅烦春枕梦,凝香花底玉珠沉。
星斜天外参商远,蛙噪波中草木深。
蜡泪滴流依醉态,游丝缭绕乱芳心。
柴门总闭烹茶久,只道故声何处寻。

思　友

古渡萧萧多别梦，两三渔火点江头。
宿醒虚解名山迹，新句强吟异代秋。
忆昔相逢皆岁月，羡君小醉尽风流。
俚歌一曲催蓑影，几片诗心几钓钩。

别　友

翠微郁郁添清籁，三语吟怀别路深。
多瘦光阴宜速唱，暂欢醉眼苦分襟。
有馀尘虑经行渺，无限风声水逝愔。
期会归年香雨入，重陪莺啭续春心。

秋夜吟赠冯友人

星文流转倚栏杆，留影屏帏续旧欢。
金柳扶疏临镜病，明堂浩渺剪灯寒。
梦迷蝴蝶惜秋色，泪滴黄泉嗟玉冠。
良夜好怀君切记，清风带语报平安。

夜中独思冬日舍友外地实习

小舍添寒虚久滞，今宵灯暗影纷纷。
旅怀寥落空飞雪，节物依稀剩乱云。
遥误岁华安讯远，乍疑世事客心闻。
无端画纸思笺字，顾盼春归聊赠君。

毕业季寄怀

其 一

老柳殷勤又郁葱，此时莫道往年同。
师生一别思无限，朋旧寸心情不穷。
邀月几诗酬趣味，对杯双泪托深红。
满园桃李香名久，寄语江湖快意风。

其 二

昔时金榜荐才名，毕业吟怀泪百泓。
桃李光涵颜色葆，诗书墨泽感惊盈。
莫辞新酒溱三度，已借东风送一程。
盼念中流存蕙质，文星璀璨向君倾。

其 三

远志凌云誓立身,有怀岁月慨今频。
流连花暖师风蔚,唱和莺啼眼界新。
音问难忘情在纸,心期不负涕沾巾。
鹏程契阔同圆梦,砥砺潮流万感真。

师 赞

师心相感暗思齐,求解真源万卷迷。
授业讲台深论道,寄情文藻细书题。
添增白鬓清名远,留取青缃社燕栖。
功就杏坛天韵醉,兰荪香散故成蹊。

雅　集

云覆括苍多翠峣，文承今古众星昭。
愿依真性酬山水，同守兰心溢咏谣。
三载歌成沧海韵，八方诗集大江潮。
中流砥砺传千载，更领风骚泽玉苕。

春雪间思友寄怀

行逢缥缈愁人处，怯问啼莺可许寻？
梅萼催红知快雪，江村度曲老羁心。
遣闲走笔春风度，空语推窗冷翠侵。
歧路嗟天虚柳色，山回更忆涕分襟。

春夜思人有寄

曾觅莺儿催嫩柳,春灯与我暗裁书。
湖光滉漾清诗瘦,蛩韵流连曲径虚。
大梦天涯声易断,长吟日暮意相如。
风摇窗掩疑风景,雨打桃花不似初。

二月邀客同醉有寄

故里烟花皓月空,天涯文字寄春风。
流年意送浮生外,往事歌留素景中。
闲伴雨声清入酒,懒寻梅韵冷摧红。
对杯终日邀君醉,消却伤心几客同。

十月降温思友

堪笑难归滞客楼,惜非当岁快然游。
疏林渐染生寒露,远寺无喧入暮秋。
屡换行踪消息少,不知过迹景光流。
信风托语独成韵,可奈空闲道意稠。

冬中别友人

远岭依稀知岁晚,渺然羁束独流居。
路尘惹绊酬人去,寒色侵衣倦雪馀。
莫问旅怀时影瘦,方寻客步夜声疏。
可堪寄字多愁落,未使留言向槛虚。

美人吟

侧肩抚袖觅流萤,垂首含唇蹙额怔。
但问锦书因有意?却言秋雁总无声。
桂浆慢酌谁相对,珠箔微提独自倾。
红帕掩眸唯涕泣,烛围伴宿滴天明。

长相思·思人

风声停,雨声停。瓢泼秋光归晚汀,年年待柳青。
虚半庭,盈半庭。应解姻缘是妙龄,飞花宜静听。

清平乐·师恩

德音芳誉，潜润春风度。乐育新红香更助，最羡成蹊笑语。

文笔心事银丝，仪表世范真知。情与青细桃李，梦随大计他时。

鹧鸪天·相思子

诗颂相思意深深，天然真味豆中寻。气舒消润肺胸热，毒拔驱除疥癣侵。

染红韵，解烦襟，半医离绪半医心。宴酣此个开怀梦，一啭莺喉作浅吟。

鹧鸪天·忆人

空庭清寒燕暂辞,新茶半盏日迟迟。羁魂引梦惊三顾,醉影拈花笑一痴。

歌蔓草,绘桃枝,笛音听尽苦相期。无端裁句回肠乱,莫负灯前团扇诗。

一剪梅·夏中忆人

清眺鸢飞翠幕中。登览曲水,唱对南风。樽前歌笑顾新妆,脉脉情酬,切切心同。

繁暑日长攒软红。小院香径,暂伴村翁。无端笺字作思量,夏趣悠然,大梦如空。

玉楼春·忆佳人

　　取次夜闲花影瘦,此个樽空颜色秀。寻常心醉惹春风,懒话沉浮莺梦后。

　　可笑尘多歌对酒,料定天涯折老柳。又猜镜里泪痕新,世事无端思剩有?

青玉案·夜饮

　　一船烟水花间渡,岸寂寂、吟虫舞。煮酒卧听千涧雨。新堤柳色,长街人语,好梦渐如许。

　　情生醉眼酬穷旅,觞咏随宜笑心绪。须信愁丝牵翠缕。空庭月影,闲来四顾,煎茗寻诗侣。

雨霖铃·鹊桥调

瑶阶生气,蕙楼歌扇,酒暖椒桂。雕觞霜影凝碧,红消古镜,清寒宫里。粉黛娥儿新饰,画唇妆韶齿。玉漏滴,推算良辰,不觉莲池素光滞。

流萤泣晚花愁悴,误云笺,烛烬华年逝。更摧茬桐断藕,顾月醉,怠厌期寄。鹊渡萧然,辞决牛郎,织女遐寐。乱点字,拆了参商,叹绛河无浃。

八声甘州·醉中吟

笑江山有韵醉逍遥,一盅任天然。觅和风敲竹,酒波绿润,梦入灵源。可助清欢韶色,取次唱花繁。闲卧云浓处,安伴莺喧。

莫负青春气象,颂流年胜丽,留咏心间。望炉烟尘迹,节概赋华篇。对渔舟、觥筹交错,念陈王、文字悟机缘。诗书引,新声无数,酬月开颜。

·16·

清韵辑

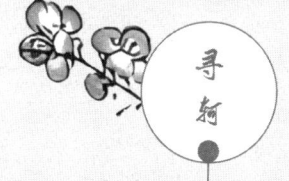

　　有一种文体，看似简单，却离不开扎实的基础和内功，这种文体就是诗词。作为"95后"诗词创作者，熊轲的诗词作品总能以小见大、角度新颖、立意高远，不少大报大刊也青睐他的作品。这应该与熊轲扎实的写作基本功、广博的知识、开阔的视野、宽广的胸怀密不可分。正是基于这样的原因，他已经在广袤的文学大地上，开出一朵朵属于他自己的花儿，清香扑鼻，令人心醉！

——作家、文化学者　邹相

晚课路上

望中思绕枝余迹,再觅乡音语渐稀。
人影匆匆灯暗淡,酸风籁籁路依微。
旧诗聊记三年顾,新雪堪酬百事非。
只有寒光催素履,书来复问几时归。

实习道中作

客行临影正萧然,一寸归心累少年。
夜话鱼笺犹半醉,月留棋局慰繁弦。
寻常远景孤怀动,细碎吟声万籁鲜。
有感引杯风雨里,忘机久坐念枯禅。

客居实习雨天有感

身误车尘望雨昏,纱窗影淡晚寒存。
匆匆谈笑无依客,寂寂闲留紧闭门。
易感风声催酒意,难酬春韵觅花痕。
唯求自遣吟疏懒,幸有韶华月一樽。

饮茶寻趣

点茶敲句闲游憩,香溢名山蝶戏频。
邀饮琥光泉韵古,笑言芽嫩蛋声新。
风流踪迹壶仙梦,胜绝天缘玉洞春。
路隐青烟莺唤后,留宾七盏爽芳津。

感　时

静眺群楼倚碧旻，风光宜客不忧贫。
众人自守无逾矩，雅处逢时计结邻。
欢乐多酬清韵久，醉心三酌鹊音频。
笑言妇孺常游戏，同寄闲情觅九春。

放　怀

快意迎风万感新，何妨心醉劝歌频。
闲庭赋韵花辞客，幽岸成岚酒贮春。
自遣文章追步梦，莫催岁月纵吟身。
虚窗有味知灵籁，不负开怀解性真。

清韵辑

独居异乡读书有感

纷纷世事生涯醉,谁伴星河寂寞催。
感慨风波酬一曲,驱驰天地尽三杯。
吟笺持赠骚人笑,大梦相逢断雁陪。
取韵无端花劝我,独留起舞影徘徊。

宽窄人生

吟啸浮生醉旧朋,真痴樽里鬓斑增。
自知变幻参三昧,不惹虚空伴一灯。
寂寞门墙新霁绿,朦胧巷陌寸眸凝。
寻常闲语清尘味,取次栖心梦衲僧。

江边独吟

泼墨山河开画幕,两三星火自分明。
荒城地僻生岩翠,古渡烟深隐涧清。
遐想欲依茶灶气,浅吟多作雨花声。
泠然水韵添禅味,一笑诗思万籁清。

寻李白

诗酬春韵醉千壶,韶岁芊眠对影呼。
绰约灯花多淡薄,霏微烟雨渐清殊。
酒船觞咏成鹏梦,山客文怀抱月奴。
扰扰朱门一笑过,不忧人瘦识良夫。

疫中有感

燕掠浅春啼野翠,瘟君偷入误韶光。
青林天远虚声近,楚榭灯暖夜气凉。
病里医家寻上药,战中文客赋新章。
长江滟滟留勋迹,不表丹心自挹扬。

清　欢

终无聊赖慢浇浆,绰绰灯花明镜凉。
璧月生成江浦色,银河照破桂枝霜。
今宵醉去虚襟韵,小院寒来掩放狂。
独立人间身是客,三更风细弄香棠。

咏作诗

岁月淹留臻世味,等闲逸乐论真如。
随缘意向丹青影,取次言从竹素居。
有韵神栖宜涉趣,无尘心醉共拈书。
知音难觅空风色,浅酌怀多梦玉虚。

论写诗

鸿编风雅知无数,俗客嗤嗤势莫寻。
片纸文章能几酌,前人气调又三吟。
不妨学海添新句,自益词锋点素襟。
劝己躬身修体律,诗家潇洒在虚心。

临波有怀

且看江山乱点鸿,小舠放志任西东。
旧津淡荡花光错,幽树参差绿影融。
把袂三沽邀白鹭,倾心一笑托村翁。
不愁酒薄良辰短,更醉胸中汉晋风。

逍遥游

灯船绰约夜沉沉,无有清辉照藓痕。
飞雨似麻悬客梦,滴珠成酒满匏樽。
还酬文赋荆门事,不羡香车玉殿恩。
羽化蓬蓬迷野蝶,偶窥菡苕伴瑶琨。

拟逍遥游

水天浩渺锁轻舟,旧迹萦风入市楼。
宴醑花添能醉客,江山影动拟瀛洲。
冲和方悟逍遥境,谈笑无妨散逸游。
细品狂吟非漫戏,期求蝶梦访庄周。

饮　酒

纱窗分影绿无痕,取韵天然醉此樽。
漠漠清辉萦素壁,疏疏剩馥扰寒门。
勿哀旧迹飞鸿尽,须寄商声真趣存。
断断不关闲客语,未妨风惹送花魂。

夏夜思贤怀远

蜡光守客师玄韵,池鲤穿花月魄清。
蛙噪岩潭催晓露,草侵石径蔽蝉声。
疏狂聊慰贪泉爽,笑傲非关学士名。
朗夜酬诗添墨癖,星文照影梦鹏鲸。

泛舟行

烟气飘摇锁小塘,夏初吟咏对湖光。
鹭眠沙岸生幽兴,鱼戏芙蕖待晚凉。
芳草平分千点绿,东风巧借一园香。
携壶伴客迷诗景,梦赴花源叙寸肠。

梦游天阙感梦歌

三酹沉酣梦凤台，银灯绰约幕初开。
姮娥邀月酬赓去，帝子临风觅客来。
明镜涵光成夜话，瀛洲拥翠照星回。
长河倒泻全无觉，魂悸黄粱对影猜。

念隐士有感

青枝绿叶报新春，空谷暄妍鸟作邻。
翠映横塘虫响涧，红香浮水鹊飞旻。
高眠不似俗儒陋，闲逸多言浊酒醇。
竹柏隐身无熟客，一樽倾醉号山人。

美人夜引歌

其 一

玉漏滴珠守暮春,烟萝连阙隐孤轮。
桂堂萧索焚檀印,锦帐遮藏抹绛唇。
琥珀涵光形断续,璇玑引客珮璘彬。
三更茶沸秋千寂,偶望霜辉散旧津。

其 二

夜半难堪风敲户,幽肩懒坐梦疑真。
香分有韵吟诗久,影动无声换盏频。
轻袂谁牵心漠漠,残妆不顾月沦沦。
休言灯暗帘低挂,照子寒清记寸旬。

其　三

一时清绝感甄神，飞叶衰残玉露新。
未许争夸潘岳貌，长期总羡谢安邻。
杯倾宿酒迷香枕，烛尽游丝混素尘。
颔首不言瑶殿事，对窗又涕堕楼人。

醉　酒

洒酬胸次幽初觉，袅袅香薰绕半轩。
千古风光沉史韵，一杯绿影荡淳源。
文章情起泸州梦，谈笑心宜巷陌喧。
花下路斜随异趣，吟怀俯仰醉春繁。

刘伶醉

其 一

枕曲篁林觅自由，每迷蝴蝶伴庄周。
解醒愈醉成真趣，与月无端寄唱酬。
酒德慰心珠玉赋，荆门演述古今猷。
泥途笑尽茫然客，不羡龙旗拜列侯。

猷：大道，法则。

其 二

梦游混沌道真玄，酣醉幽篁远管弦。
嘲哳清歌显本色，纵横奇意合天然。
曝裈潇洒贪泉酌，枕酒风流野舍眠。
北斗浸波生妙韵，浑涵浩气寄疯癫。

陆小凤

天地留踪觅妙音，四眉对客日挥金。
意和侠少灵犀指，缘起江湖病酒吟。
纵醉春风轻寄傲，笑酬蝶梦懒题襟。
雨花得趣归渔唱，一味逍遥浪子心。

十六字令·醉

谁？影染春衣待梦回。花前客，一处倦中痴。

忆江南·远眺

　　林簌簌,小舍燕重归。群岫嵯峨歌雾隐,大江浩荡笑风回。知我梦依微。

卜算子·夜吟

　　水涵柳月斜,蛙鼓荷风起。别浦芳菲漾绿波,一霎清欢味。

　　随缘论浮生,任运劳身计。诗引村谣歌独立,客梦行人泪。

乌夜啼·夜吟

醉语相逢初夏,清灯共影深沉。新词花下朦胧久,任意放灵襟。

海阔徘徊世路,沙寒又涨潮音。随缘总为折枝苦,此味最关心。

如梦令·饮茶

天水涵光坐望,邂逅闲居清旷。心醉寄禅茶,花暖晓莺酬唱。口爽,口爽,春韵风流气象。

浣溪沙·晨读

向曙莺喧伴嫩凉,春塘渐润绿萦窗。东风邀我诵华章。
幽意酬心羁旅梦,生涯留醉少年郎。几回思远赋诗肠。

瑞鹤仙·抒情

美醪浇菡萏,琥珀脂。酌杯腮红又染,方将香风掺,些柔情,窥得韶光清滟,依稀影泛,薄幕间,郎卧玉簟。望飞萤戏扇,鸣瑟流年,懒倚星减。

皎月多添殷挚?长伴西楼,此际常念,欲言竟敛。临明镜,对微颔,扫娥眉。闲暇烹茶听鹊,银河浮晖澹澹。案前雕琬琰,醇浓烛花稍欠。

桑梓辑

寻轲

"求木之长者，必固其根本；欲流之远者，必浚其泉源"，观熊轲诗友之诗词，乃有根有源。其诗宗唐风，词溯宋韵，在此基础上，再行杨柳新翻。其未蹈当代多数诗词作品脱离诗家语词家语为诗词，时以"老干体"鸣世之覆辙，诗词路正，诚可读也。

——蜀南　廖志新

母　亲

长守家书独自寻，低回无处得归音。
魂销歧路残云掩，望断天涯老病侵。
劳瘁不求雕母事，孤屑惟盼奉茶心。
梦思离久多添瘦，双泪频枯顾子吟。

咏母爱

离散何人携半袖？乡情三绕涌泉边。
应欣啮指千篇列，莫笑存粮九域传。
谁忍江湖添别梦，须凭鸿雁寄新笺。
常思灯下叮咛语，原是婴啼母顾怜。

春日求学思乡

不尽江烟冉冉流,波间倦旅往来舟。
归云缥缈时摧瘦,昏日徘徊草蔽幽。
我寄客心歌断句,谁传乡梦别轻鸥。
垂丝新柳春风里,借问杨花何处游?

夏夜客居有感

幽处虫鸣通小塘,绿荷垂露夜生凉。
风吟虚拟琴台梦,月照浑如玉树霜。
自笑清欢多感赋,岂知疏影冷空堂。
一时禅韵添真味,烛衬形容半盏光。

八月十五夜思乡

夜凉清露湿丹秋,桂子馈香游客楼。
萤火绕郊迷去路,蟾盘托意照乡州。
相思斗饮江湖迥,独叹燃灯岁月遒。
但可长圆羁旅梦,不须佳节醉兰舟。

家和万事兴

禄米皆丰照吉星,春来香泛小闲庭。
孟光举案芳心巧,张翰思鲈别泪停。
气顺人和家自振,丰雅友悦德俱馨。
居中恬淡多清趣,新燕报时宜细听。

佳节将至客居有感

向晚庭空忆几多,独寻物感影森罗。
飘摇炉气虚窗月,次第寒风共酒歌。
思引书缘心曲寄,聊倾世味雨声和。
难逢乡信吟催瘦,梦悟丹青绘烂柯。

感母爱

依稀岁月失叮嘱,惊梦呼儿倦眼开。
鱼雁传音虚信去,霜飞染面老寒来。
独嗟归路摇萍泪,无计黄泉啮指哀。
难慰别年伤燕哺,新衣不语几时裁。

身处异乡思母有咏

灯窗懒顾醉摧心,独步临阶影共沉。
童梦每寻书往事,慈容时语泪沾襟。
不堪鸿迹人眠少,无奈风尘客倦深。
母意谁怜频拭面,又愁桑梓晚回音。

辞　家

柳风款款皱清流,暂寓邀宾共此游。
取次春心归宿酒,寻常渔火照虚舟。
烦襟应羡田园趣,醉眼还催岁月稠。
方寸思量留夜话,长歌吟梦上层楼。

夏日思归

陶然听雨知荷韵,自在衔杯一趣中。
随意寒生幽处梦,沉酣寂向倦时风。
花前无计吟怀减,灯下依稀恨事同。
滞想空添哀望眼,闲寻诗骨悟清衷。

六月二十二日旅居思家

感事千般误短篱,闲游取次学真痴。
杯停月照渔歌晚,语送云随雁字期。
可奈凭虚听竹径,仍愁顾影醉花枝。
暮风寂寞催诗景,客况糊涂羡旧时。

新秋忆家

吟依游子怀风梦,向月随常话雁声。
菊酒频斟听木落,乡心渐起待霜明。
为谁半醉回肠断,聊自中宵对影倾。
此际寒空花雨尽,独留来者累闲行。

秋夜思家

深巷逢花不似初,久留独向澹然居。
中秋霜重寒波逝,此际风高暮雨虚。
难解思量堪小饮,更添寂寞入闲书。
归心切切人声断,空伴薄才句有余。

临近佳节思家有吟

夜思春至吟无数,此意千端感旧情。
如许雨声梅寂寞,迟留寒舍性虚明。
愁痕零落徘徊醉,月影阑珊顾盼行。
恐是归期犹未拟,初成乡梦自难平。

乡　愁

迢迢踪影意深深,客舍无端作浅吟。
每念雁声难了解,直期菊韵惯孤斟。
风尘渐染江湖泪,寂寞频催故里心。
别梦素书今莫负,清欢一味惹愁襟。

在长春上学近秋分思家有感

暂寓他乡昼夜平,冷滋幽梦露华清。
态添倦悫关征雁,镜映辞容伴异城。
始觉气新霜色浅,漫言风至客心生。
初逢桂蕊题诗去,香惹歌筵觅旅情。

小寒夜思家

小舍依稀逝水寒,此身漂寓泪阑干。
新午独笑来书久,万里徒嗟望眼宽。
旅况悠悠思不断,乡心切切梦无端。
幽怀漫计多空忆,梅信迟留岂自安。

异乡有梦

尘中巷陌须杯酒,一梦回瞻虑烂柯。
孤屿洞天藏轶事,半江烟雨动星河。
渐濡淑气熏风度,欣遇虫声浅翠多。
独伴月痕光不醉,教人夜语向婆娑。

冬日思家

不尽酸风摧古木,连天飞雪锁寒山。
乡情久计无多梦,诗思难酬几处闲。
自笑影随惊旅枕,空将心与忆慈颜。
离觞一醉烟尘客,归字孤吟未肯删。

客中思家

新添酒趣醉魂长,画字寒生冷镜光。
渐倦旧游酬浪迹,堪怜风物转星霜。
离亭先寄惊心味,小舍常怀赋远章。
最是相思多易掷,徒然索笑入回肠。

年后实习未归乡有感

雨过无声渐染凉,光摇街晚寄词章。
望中客路梅魂慰,吟里生涯倦影长。
醉彻新风歌白雪,心随私语梦青缃。
旅怀遮莫情多乱,频算春期细忖量。

相见欢·思乡

寻常摇扇融融,月明中,小舍无端思韵、误南风。

桑梓梦,又情涌,顾来踪,莫负乡关母泪、盼相逢。

西江月·嵌中药名道旅思

已是车前半夏,两三红豆含情。无端思作满天星,笺字当归苦茗。

词赋佩兰寒水,防风独个游行。此心厚朴万年青,不负茱萸寄性。

水调歌头·思家

　　沙岸好风度，水月润山蔬。雨滋光影清滟，心醉爱荷珠。空忆千般志趣，莫问渔郎故侣，梦里话仙庐。共笑镜中屮，宴乐味长舒。

　　枕间声，天外韵，似凭虚。古来咏叹，相对垂泪最无如。犹怯沧桑修阻，不怨蹉跎瞻顾，有意去程殊。病酒谁知我，情任羡仙侣。

更漏子·思乡

　　半杯光，三酌醉，一夜飞花川媚。照瘦影，听枝啼。双莺绿里栖。

　　人去矣，思无寐。漫觅惊谁浓睡。风簌簌，客迷迷。乡关几次催。

江城子·客居

一潭绿水映回廊,小亭凉,濯兰香。半盏影中,年少误清狂。花雨悠悠情浅处,愁客子,诉春光。

相逢留取赋思章,动肝肠,共飞觞。不负燕归,泪落湿衣裳。久闭院门难问信,嫌空梦,自斟量。

凤凰台上忆吹箫·客居

花雨成阴,一襟离悰,案前懒画邮笺。情有寄、桃枝逝水,目断春山。难约相逢久醉,小舍里,长忆酡颜。少言语,独个怅惘,新句频删。

虚拟无端归日,愁风起,旅怀如故增烦。短吟罢、谁堪寂寥,空自心酸。半湿衣裳正冷,意似云,搅扰清眠。江湖远,指顾又误流年。

莺啼序·雪夜思家

依稀梦疏影瘦,恨纱窗寒透。将来路、尽掩深楼,此个慵慢时候。多怯别、寥寥字句,全都诉了音书旧。独未言羁束,怅期归鸿新柳。

阒寂江湖,谁倦岁月,世喧催清漏。风儿闹、不解蹉跎,乱添车尘眉皱。庾郎吟、皆成落魄,照子染、沧桑行后。两三声,小舍平常,少逢佳友。

长廊空曲,中夜虚生,顾盼频搔首。梅信远、雪急惊睡,湿气侵衣,意重消魂,恍是心朽?徘徊如故,犹滋琐事,味真堪问诗情苦,计残年、辗转寻他处。颓然瑟瑟,人间客况糊涂,偃仰穷途荒谬。

无端取韵,聊赋闲身,也漫谈襟袖。寄片语、思量攒凑,万感难禁,孤旅疑误,欢喜剩有?沉浮尔尔,天涯何慰,今番万籁形容改,想离歌、一种倾迟久。经冬再睹春秋,自在挥犀,醉知又负。

桑梓辑

令序辑

寻轲

　　文学成就,与年龄无关。诗词造诣,是生活艺术和艺术生活的沉淀。熊轲的诗词,饱含深情,大有"深文隐蔚,余味曲包"之感。诗中有志,词中含情。可读清韵,或寻烟雨,茅檐酬醉,师友梦牵。

——邢建建

贺新年

其 一

早随暖讯备新装,人语佳辰燕舞梁。
山隐露花逢瑞彩,窗临时鸟颂春阳。
欣书联句添香墨,惬快和音醉趣觞。
渐喜宜寻丰岁梦,又邀青柳续琼章。

其 二

青枝摇影入新年,围坐筛春夜不眠。
已托良辰胸次暖,又将好景绿中悬。
亲朋适性齐随趣,歌笑开怀自乐天。
偶见红浓联字浅,更寻梅影爱鲜妍。

其　三

燕语佳辰柳色新,香风入幕报韶春。
屠苏醉眼开怀久,爆竹欢心贺岁频。
画栋依稀飞绣扇,云鬟摇曳舞银鳞。
共谈好景烛红里,此刻光华独照人。

其　四

吟风尽醉入新年,赋就斟杯梦自然。
拟待春光滋惠气,先欣瑞雪报尧天。
三酬松韵弹棋笑,一品茶香伴月眠。
此际身闲情不断,寻梅窗静润瑶篇。

其　五

垂丝嫩柳换青裳，皞皞风和百事祥。
冻解香醪酬社燕，历添春水漾流光。
当筵九域欢歌庆，此夕千家夜乐长。
又贴巧联迎暖律，醉凭梅韵赋新章。

元宵乐

其　一

莺回报暖对飞花，月洒良宵寄万家。
频唤赏灯香馥郁，欣从传喜市繁华。
千城攒秀春中放，一夜迎新醉里夸。
宴饮团圆多笑语，写成俚曲贺昌遐。

其 二

喜换新衣照瑞光,又逢佳节醉宵长。
临窗邀月花灯乐,恋水酬心茗碗香。
不改乡音开逸兴,偏宜岁事赋雕章。
九州锦绣歌春好,共庆团圆纳百祥。

其 三

长街溢彩觅清标,远望星繁唱俚谣。
梅韵添风迎社戏,灯花解语醉中宵。
相逢小舍红香入,畅饮新醅翠影调。
日暖云生飞燕舞,盈盈瑞气寄春韶。

三八妇女节赠女诗人

轻蹙双眉研断句,诗敲一律解冲襟。
曛然认取援琴配,感此独知潄玉心。
字里清新须遣兴,纸间翰墨共行吟。
惟思芳草与红豆,赓唱生涯弄月寻。

清明祭祖

其 一

草滋遗寺少晨钟,浸润东风柳色浓。
天地寂寥终不改,圣贤今古尚无逢。
野塘独剩山鸪唤,荒苑从来老木枞。
坟陇频频飞纸蝶,欲将后世告灵宗。

其 二

杜宇清明绕墓田,后来子弟跪碑边。
柳蓬莽莽侵村舍,阡陌纷纷覆纸钱。
应笑新吟归碧落,独斟美酒滴黄泉。
泪中三叩思先志,聊慰浅溪仍向前。

其 三

日暖草虫应候鸣,清明插柳淡烟中。
叶尖珠露凉流翠,槛外韶光逐落红。
涧道闲逢村舍曲,唱词正合杏花风。
踏青多有春醒客,入眼湖山老酒融。

醉龙舞

缘起中山思浴佛,沉酣佳处笑颜酡。
三星鼓动龙光醉,四海宾来老叟歌。
功在史书承一脉,名成风俗撼洪波。
栾樨寄语留香案,荐以遒文赠祝和。

七夕谣

瑶台玉盏酿光多,素女牵丝意几何?
偶影中宵同入镜,清言此际共调梭。
忆看人醉香枫路,成梦心随明月波。
期顾天缘听响屦,悬知为寄五弦歌。

七夕有感

其 一

云河邈邈锁连廊,鹊噪佳期待好妆。
织锦裁衣添瑞梦,邀辰拜谷染神光。
星华璀璨投针急,云气飘摇承露忙。
乞巧全争天媛指,安求暇晷顾牛郎。

其 二

迢迢银汉照清江,七夕璇霄映桂堂。
列女笑谈星阙事,檀心涵润玉蟾光。
遥看碧树依风势,应觉镜花承露香。
此夜新妆缘彩线,更期良日嫁何郎。

锦书谣

扇引秋声馀爽味,几添真趣上青霄。
琐窗双影思鸳杼,良夜中情动鹊桥。
斗巧牵丝纨绮梦,结缘期会锦书谣。
星明不染瑶庭寂,小盏涵光醉一宵。

中元有思

纸灰翻动慰黄泉,浊酒三沽祭忘川。
游蝶翩翩追细柳,荷灯寂寂送瑶笺。
一诗此境乡心乱,大梦人间素月悬。
但可团圆无醉客,不须瀛海玉台眠。

中 秋

其 一

爽气新生溢晚寒,一轮素月照波澜。
烟云郁郁凝珠露,桂酒醺醺祭玉盘。
欲问姮娥宫畔舞,非关后羿鼻头酸。
人间岁岁期团聚,且醉佳辰忆至欢。

其 二

风摇丹桂水空明,一梦相逢百味成。
取醉清宵舒爽气,长吟凉月觅商声。
流连总是团圆夜,感慨应须顾盼情。
书此断章谁复见,无眠纨扇客心生。

其 三

指顾秋光万籁真,凝情成赋笑羁身。

聊猜锦字寻仙客,吟对霜晖谢雁宾。

祈梦一宵清味满,试灯两地镜尘新。

遥听水韵同流憩,回首皆非月户人。

其 四

星文璀璨影沉洲,此夕琼枝向小楼。

宴适风和萦画扇,偏宜灯晕洒江流。

光浮火塔黄龙舞[①],香逐游丝桂酒酬。

今醉团圆邀皎月,临窗夜话一时秋。

【注释】

①火塔黄龙舞:指的是燃塔和舞火龙两个中秋习俗。

重阳有感

微旨殊方添逸味,邀君浅醉更分明。

红枫香染翩翩舞,素志歌罢款款行。

闲遇俚言欣调古,心随山景笑时清。

许来品韵知秋意,携伴登高觅菊英。

行香子·清明有感

纸蝶翩跹,烟雨微寒,远近行客影纷然。衣沾草露,醉向青天。别意千般,碑字浅,想何年。

闲吟岁月,频寻归计,燕子无讯句先删。一时心事,三叹樽前。频梦桑梓,北堂忆,泪潸然。

如梦令·端午有感

其 一

蒲酒艾符近古,又至佳节信步。宛转笑升平,臂系彩丝醉舞。频顾,频顾,万籁葳蕤不误。

其 二

线引风鸢逸骜,闲望龙舟竞渡。小舍暂微吟,梦落楚江归处。几许,几许,有韵千年骚赋。

天律辑

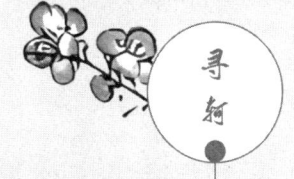

寻轲

初识熊轲是因他的古体诗词，阅读朋友转来的稿件，我甚是欣慰，也为这个杞乡学子的文学功底赞叹。古体诗词有其独特的魅力。因为平仄、韵律等要求，古体诗词创作非常考验写作者的文字功底。现今大多数青年文学爱好者都以现代诗为主，喜欢和迷恋古体诗词的人真是不多。与熊轲相识后，发现他身上散发着与年龄不符的沉稳气质，能在喧嚣中摒弃浮华，寻求真知，把追求文学艺术当成人生唯一的寄托。

——宁夏中宁县作家协会主席　吕言

迎春有怀

柳堤莺闹澹然春,闲望飞红水作邻。
岁月惟凭思里寄,云山无奈醉时新。
客因觅句寻天趣,僧为安禅解性真。
纵有意珠多自遣,不堪归信掩风尘。

春日酬客

氤氲山色随来路,江火依稀动柳烟。
花雨红凝涵水月,蝶衣香染梦壶天。
六如闲话棋终笑,三顾无堪饭熟眠。
漫尔春声多未解,何须赓唱绮罗筵。

春日游

一唱船歌山雨晚,长风悠缅笼江津。
影低切切酬诗债,蝶醉依依问柳因。
古韵先知幽趣久,潜光早入岁华新。
闲来敲句同潇洒,半盏香融自在春。

春中敲句

雾笼青山逸绝尘,烟横河渚物华新。
林深暗赋迟迟句,梅瘦悬知潋潋春。
八咏怀开归绮梦,五经光范致明真。
敲吟沉醉劳心曲,不扰生涯落笔频。

春山谣

缥缈孤峰势郁峨，长谣欸乃影婆娑。
烟青胜绝归韶绮，竹瘦幽深致韵多。
也解一般槐梦笑，无端两处越宾歌。
往来莫问空山月，塘水粼粼照几何。

春中赋情

江湖送语谁知信，遥赋新诗漫寄春。
大梦平添风有韵，漪澜分溅绿无尘。
花间醉许壶天酒，笔底情因阆苑宾。
引睡客中思未减，眷言心迹乐明真。

春日野望

东风晚起知疏旷,又览田畴待雨开。
影下清溪储爽气,香中古道染浮埃。
赌书犹爱陈王赋,遣兴频寻洛水才。
寄语莺歌皆散去,无劳春满啄枝来。

春日有感

柳梢垂绿隐珠芽,风入江楼镜满花。
啼唤春岚梁上燕,往来碧宇牖前霞。
凭阑古渡抛心绪,步屦横塘觅物华。
鱼戏池中光滟滟,偏宜题句试新茶。

春夜思友

歧路艰难月迥微,案前文竹向窗扉。
衣襟尘染春催泪,旅枕风惊影亦稀。
惜别自知流景短,遣怀犹叹旧踪非。
虫声扰扰空陪夜,未寄乡心社燕归。

新春有感

柳色新裁拂玉川,东风舒意乐华年。
诗酬岁月莺花梦,酒对云烟醒醉天。
为许幽怀逢好景,且将俚曲叙瑶篇。
青窗留影禅枝动,共换春衣返自然。

春日登山

山水烟涵湿客衣,露滋泥滑觉寒微。
红沾云叶梅花信,绿掩晴窗鹊影归。
且看光悬依柳榭,聊倾香散入门帏。
如今偏爱东风早,蝶醉人间款款飞。

雨水有怀

翠色含韶望钓舟,芳尘有酒慰风流。
欣逢春雨添村醉,快睹山光趁路幽。
云水意知莺讯早,香泥喜染韵章留。
寄情江渡新声唤,又入晴岚劝客酬。

雨　水

水畔韶阳款款流，柳丝渐次待渔舟。
风摇雨色茶声沸，雾锁泉头锦鲤游。
慰眼泥融逢韵袭，酬人日静笑花稠。
山河攒翠归逶迤，皆入溪光觉近幽。

寻　春

谁遇东风偷入夜？相期闲客绿芳亭。
蓬莱蕞尔空悬寺，河汉萧然半隐星。
多少残篇争秀色，流连僻路戏流萤。
兴酣似梦双飞燕，侧耳花前细细听。

春 吟

朔北春来藏翠意,疑猜江树已先知。
潺湲深水鱼随藻,滉漾微波鸟戏池。
河上浮光承倒影,坝前细叶报清曦。
东风轻抚幽蓬绿,含蕊新芳自怕迟。

惊 蛰

小醉欲留云水暮,新逢春事共衔杯。
光浮拾翠桃枝动,气浥寻芳社燕陪。
欣见胜游歌壮发,厌闻浓睡失青梅。
舟人借问谁真切,迷者更惊启蛰雷。

春　吟

春景涵池草自萋，柳梢浸渍影参差。
迷香玉蝶花间醉，鸣野青虫石下嬉。
淡酒三杯沉秀色，远山万物入新词。
稚童贪玩韶光里，正是莺啼绿意时。

春日遣怀

世路微茫换浅斟，绿痕次第岁华深。
诗随寸意添真态，韵取孤标唤壮心。
客舍不多倾耳趣，慵眠时有解春吟。
缓催风物空关切，暂掩花枝共影沉。

天津辑

迎春即景感作

悠然童戏过青田,寄迹村居望晚烟。
次第莺花逢雨客,寻常山水报春年。
笑插细柳临窗影,能添闲怀诵雅篇。
空院门开频问讯,东风传信懒成眠。

早 春

意归幽籁听风入,绿满生凉趁雨频。
僧语流年光潋滟,鸟啼古室韵清新。
诗肠酬梦三回笑,醉影逢花一扇春。
不负天心酣未减,闲留拙句慰嘉宾。

春 思

小阁听疏雨,开轩览盛芳。
竹笺濡墨韵,锦袄浸幽香。
鸿雁能千里,儿女各一方。
闲庭无返迹,蹙额做新裳。

春 中

细细熏风生杏苑,杂枝翠滴带春多。
舍中偶遇花间燕,园外常逢柳下歌。
汉水潆洄浮璧彩,玉泉潋滟泻金波。
此情落入韶华里,今夜闲人觅桂娥。

天津辑

春 雨

款款溪光照稔年，山斜双燕柳门穿。
镜沾浓翠浮香影，烟湿春红寄雨眠。
谈笑尘胸文上起，须臾醉靥酒中悬。
有情疑是填词味，一夜听窗慰自然。

夜邀新荷浅吟

水烟萦薄偷攒翠，浃浴湖光款款开。
暗润鸿泥香玉蕊，徐添荷影染青埃。
知心荐酒流风度，啸侣寻诗碎月来。
如许红醇清我骨，不多颜色两相猜。

立 夏

溪转潺湲香次第,虫吟春尽夜阑珊。
新荷滴影沉沉翠,折竹攒幽渺渺寒。
万斛泉珠滋秀气,千寻碎月点微澜。
招邀远客虚私话,琐琐言归两处难。

夏初有思

夏初遣意羡蓬莱,撕裂重云玉镜开。
金母烹鲜邀羽客,美人醉枕卧瑶台。
琼楼暂寓周王迹,香径欲留飞马材。
击缶凌波摇棹桨,一川晚照素娥来。

初夏有思

荒榛旧院藏虫趣,莫负新声细细听。
烟草碧凝舒爽气,雨花江映寄幽馨。
心随山水风酬梦,目断星河影画屏。
醉彻虚明何处解,空陪毫素守真形。

夏至听风

小园避暑沉沉静,清润香浮浅浅溪。
新燕凌空频报信,故人触景忆分题。
依稀成画风声晚,寥落无眠柳影低。
飒飒雨濛情未减,两三残句自心迷。

夏中异乡感冒有吟

临镜花前落暗尘，樽间好景误闲人。
云逐缥缈清音浅，月照依稀冷韵新。
小舍风期随意态，短笺词赋寄精神。
病中身殚难酬梦，怯问今朝柳作邻。

夏中老家熬夜有感

槛外苔花生曲径，氤氲爽气蔽新流。
晚风佐静宜清暑，芳草添香定乐游。
萤火依稀幽事遣，蛩声断续俗情收。
时闻野趣知真味，三伏闲居对月酬。

夏　至

恣游绮陌趁华年，小雨生凉净细泉。

枝嫩千丝催古柳，花香一片隐新蝉。

深情惟羡流莺舞，胜处难逢化蝶眠。

虚馆闲来贪畅爽，半山拾趣酒中悬。

夏日即兴

众峰芊蔚溪桥净，淑景悠然翠满城。

静话候虫催夏入，懒眠清簟待寒生。

千林影湿三舣梦，一夜风回万涧鸣。

花月无言沉镜底，几人共醮[①]怅盈盈。

【注释】

①醮：饮尽杯中酒。醮，音 jiào。

夏夜雨后即兴

我携风雨觅文澜,顾步投栖众籁寒。
岁月繁华禅一味,江湖幽寂梦千般。
临阶感意摇葵扇,趁乐留缘对玉团。
回首无端心向影,浮沉闲任醉游观。

夏日出游杂兴

梵刹云藏路向幽,花前放眼近清流。
归鸿寂寞虚芳草,帆影依稀冷曲洲。
我有吟魂谐俗醉,心知旅梦问大酬。
开轩闲望山翁去,空羡渔歌古不休。

夏日畅游小雨后抒怀

酥雨织纱宜小憩,澄潭波净影涵空。
柳阴攒翠浮溪上,清露生寒入镜中。
眺赏苍山何许乐,流连古木快哉风。
泥融须信存幽馥,霁景争妍醉候虫。

夏　夜

敲诗思慕五弦琴,犹觅欢娱慰寸心。
月浦寥寥幽翠净,星河寂寂夏凉深。
影中涵碧虚清夜,物外添新润朗襟。
梦取天然寒入骨,常留微志解风吟。

夏夜闲中遣怀

流连醉里笑花稠，送目无端对月钩。
小舍雨中听一笛，诗篇风外梦三洲。
光凝寂寂思量远，影落泠泠众籁留。
感物寻常悲客子，徘徊懒放是清游。

夏晚独坐吟怀

折花三醉虚良夜，怀古清谈慰寸衷。
缥缈潮音依海月，朦胧阁影入天风。
偏宜扣寂频寻韵，雅称随缘共对空。
渐解尘心成梵字，意生小舍梦吟中。

夏夜对影

今情切切问闲天,次第韶光到眼前。
啸近自然随舞态,吟依新月绘诗笺。
风流偏爱青莲酒,胜概最宜苏子眠。
又惹芳尘空影动,徘徊有意饮中缘。

夏日出游

燕唱流连水竹天,乱峰缥缈画中烟。
有意借问陈王醉,无端谁歌洛水篇。
闲来乘兴游山道,醉后随缘赋流年。
诗思知韵宜清坐,可笑怀人梦蝶眠。

咏六月

轻雷小雨生清景,膏润槐枝绿已繁。
花影偏宜虚静趣,松声长伴禀灵源。
流连解暑和遗韵,懒放衔杯近雅言。
风送嫩凉舒气骨,天遥莺语避尘喧。

夏日傍晚纳凉思人

气象和清闻细语,轻摇蒲扇话期长。
莺啼碧树云围岸,水濯红蕖酒染香。
柳线飞成千缕影,锦书只道九回肠。
教人此刻闲吟月,许我无端忆桂湘。

夏 夜

十里清光溢浅红，灯前邀影趣堪同。
四围蛙闹宜苍翠，一点萤飞隐朦胧。
不爱频寻琼叶露，闲吟半醉藕花风。
犹能弄墨酬君子，此夜衔杯笑咏中。

山中夏夜寻趣

风散长空动列星，青山秀润水涵青。
遥听清籁思无数，独品新茶境有馨。
紫燕啄花归柳驿，红蕖浮露梦兰亭。
始知影冷初圆月，取醉今宵静觅萤。

夏中有思

菖蒲杳杳流萤绕,碧绿沉沉夏夜长。
袅袅烟岚衔远汉,厌厌玉盏溢瑶浆。
蟾宫深锁琉璃色,钿扇半涵珠翠光。
裁剪红裳蹙眉黛,桂堂影里坠明珰。

夏 思

凉生玉露难堪静,听彻无端一味弦。
小涧流光添潋滟,纱窗分影觉暄妍。
不须潘岳沽名醉,愿效青莲抱月眠。
此刻梦魂期碧汉,斜晖楼外照何年?

夏日遣怀

飞光扰破儒门静，小院蛙催柳下风。
芳草生烟鲜馥湿，藕花浥露翠阴融。
七分夏绿悬千树，三醉晨凉慰寸衷。
幽砌枝斜蝉噪解，还添宿雨暗凝红。

大暑感作

畅游莺谷满喧啾，溪曲紫光款款流。
霁景天涵山染翠，遗祠林蔽静凝幽。
漫依伏暑茶歌引，唱咏新诗古调酬。
闲觅蟋蛄知土润，时摇蒲扇换凉留。

夏夜抒怀

朦胧塔影风初静,窗寂枝摇话意长。
莫遣莺簧传宿雨,且眠夏簟寄幽芳。
盟心渐恋千盅醉,泪眼新添一荨香。
月照林间时尚好,重重翠湿冷清光。

异乡夏时

幽涧生光花似雨,七分夏趣入新腔。
夜阑敲句蝉成韵,绿满沾衣月浸江。
深径清妍消暑气,覆枝岑寂老吟窗。
所思几许托烟柳,相慰朦胧燕一双。

夏末有思

窗前帘动半生凉，天际沉沉散碎光。
绿浸波中三处秀，红浮池畔一时芳。
为君醉后酬文债，约客花前赋短章。
渐困梦中化蝶舞，夜猜玉殿结清霜。

晚　夏

饮中唤客醉星缸，契阔声遥怯一腔。
竹径清随云散晚，蛰萤低绕绿枯窗。
有馀夜静生诗骨，堪倦山寒锁大江。
遥忆楚天湘水泪，独吟别日雁双双。

初秋咏月

八分爽气润秋芳,北斗斜欹指玉房。
青嶂浮云烟树静,幽蝉泣世桂花凉。
仙娥宿月伤终古,隐客烧蓍觅九章。
何处阑珊存物迹,独留萤火照方塘。

秋夜校园有怀

晚风飒飒叶飘萧,此际成闲冷月遥。
不耐庭空花影散,翻嫌树暗雨声寥。
青缃有味归虚籁,断句多情忆峻标。
相觅古心惟愿醉,寻常独宿伴清宵。

初秋饮茶感怀

未知何日渍清霜,慢慢秋声气始凉。
风载浅釜浮旧镜,雨催浓绿对新黄。
不愁木落空阶覆,自觅词雄逸兴扬。
辞却九霄仙客味,红尘寄与一杯香。

初 秋

行歌气爽疑新雨,早语寒英一梦清。
几处浮云知岁晚,万山凉叶待霜明。
金风又送长溪影,虚壑犹悬古木声。
可爱无端陶令趣,漫谈沉醉为谁生?

初秋有雨少年游

对棋无限潇潇处,雨湿梧桐乱点秋。
蝉散老林哀日晚,客居小店恣天游。
一诗可道贪泉醉,大梦倾心赤壁舟。
换得快哉觥盏事,少年何必拟消愁。

迎　秋

夏末步游宜晚翠,渐浓爽气送杯行。
山窗分影飞光短,野水浮花碗茗清。
虚籁消忧眠碧落,浩歌可醉梦蓬瀛。
兴酣忽觉新词浅,常觅秋容话雁声。

秋中浅吟

沉沉尽是中宵味，清梦依稀上啸台。
风韵有痕花径寂，词情无数月楼开。
最关听夜声空去，频蹙邀杯醉不来。
别意复多因宿诺，翻忧误却语谁猜。

枫林唱秋

梧叶摇落秋气爽，蓬门不掩焙茶香。
潜游枫浦红光泛，长啸渔矶朔气茫。
万里霜华成玉白，半瓢素水育金黄。
今朝鸣磬歌嵇阮，倾醉篱间饰放狂。

枫林秋韵

寒山烟锁空云驻,高寺霜深物象希。
最乐风尘相次醉,无涯岁月不多祈。
诗寻天骨聊留迹,心望唐音暂振衣。
隐隐钟声催暮晚,千红摇落动禅机。

秋　夜

犹依枕簟知真味,巷陌推迁盼净居。
新月沉沉言水迥,薄霜淡淡觉星虚。
寻常过客孤怀寂,取次中宵万籁疏。
隐隐花前拈韵笑,相思伴影总无如。

秋　韵

空庭一望江天远，归梦无期寄片鸿。
几醉疏林清静处，犹栖山馆峭寒中。
秋光渐至生新意，吟兴才深浴古风。
赋韵谁堪蝉语断，经年暂寓慰枫红。

秋中遇雨

料应闲客羁怀满，偶望虚檐渺自生。
隐隐晨风侵短梦，霖霖细雨锁乡情。
书窗漏影心添静，旅处填词眼不明。
人语依稀思未减，只教流韵总吟成。

秋中吟

风著花残香韵尽,日斜对影懒梳头。
昨宵雕玉成双珮,此际题红醉十瓯。
雁去无心轻素意,人哀有泪莫交游。
拥袍不减七分冷,久坐窥看剩后秋。

秋夜饮酒

虚语月遥藏桂子,空山寒锁影纷纷。
秋声不止魂销晚,心事难留望断云。
菊散清芬先醉我,樽盈幽独暗思君。
俄惊味薄添羁梦,为客诗成已半醺。

晚 凉

无端顾盼两微茫,心倦徘徊气渐凉。
秋锁山容空得寂,风侵树色暗飞霜。
窗虚谁道因家梦,院静相寻赋月章。
最忆灯前留影客,可堪冷落九回肠。

秋 凉

碎月生寒酿一壶,清杯频举滴成珠。
心惊雁去空声远,草感风悲渐影孤。
往事暗侵文字浅,幽怀半醉韵章殊。
闲居少味听禅趣,莫问中宵梦有无。

咏　秋

古调逢秋皆苦吟，岂知此味太惊心。
寒蛩暗泣声频乱，逝水空流影渐沉。
羁旅时时新赋慰，诗书字字后人寻。
山中寄寓真堪醉，风弄关情觅趣音。

秋日登教学楼远眺有怀

几回留滞尝清味，空语飘零绿已收。
聊对萧疏迷细雨，频添寥落锁高楼。
无言踪迹诗怀减，一笑年华寸意酬。
可奈新声归缥缈，误催芳讯入寒流。

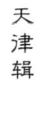

秋日遣怀

菊篱秋飒飞星转，照水悠悠冷玉盘。
香刹婆娑馀晚色，枫花萧爽溢清寒。
暂辞野客诸天梦，遥向云林一径丹。
此个窗虚惊小睡，何人昨夜倚阑干？

秋游抒怀

坐望山暝别晚鸦，香枫红染寄年华。
菊繁酬应知秋韵，客至逢邀卖酒家。
醉对霜天思桂阙，闲听雨榻梦星槎。
几时邂逅生清味，烟火依稀半笼纱。

忆 秋

空惹清欢归昨日,瘦枝劳悴簇新红。
灯陪只影虚遮莫,寒溢枯荷向杳濛。
暝色万重山尽寂,秋光数盏韵成风。
残蝉一样吟枫晚,聊取三分醉语中。

深秋雨中有吟

寒来怯雨动归心,自笑寻常万感侵。
云锁乡关秋月渺,霜凝客路夜灯深。
诗囊醉里收残梦,泪眼愁时苦越吟。
菊径犹存偷画取,何堪寥落惹烦襟。

晚秋即景

群峰迢递暂荒芜,独酌窗虚绿已枯。
疏菊滴霜寒野圃,西风带信入茶垆。
忽逢楼阙凌云气,疑是江山泼墨图。
岂肯枉称秋恨客,早书春韵醉屠苏。

临近立冬感作

寒信惊来木已枯,酸风扰扰惠音殊。
故园香散枝萧瑟,小舍红残梦有无。
漫尔物情空自赏,湛然心绪半缘孤。
慵中秋尽谁知味,惟见灯稀冷画图。

2021年立冬雪中忆旧

寒浓忆昔别怀多,初月朦胧眷几何。
声乱终归时逝梦,路遥犹绕岁枯柯。
聊凭赋就酬三雅,共慰樽开契九歌。
再唤故人空误我,无由心事已婆娑。

冬　至

冬年储秀晓光匀,本自天然万物新。
幽磴迎松寒色少,淞花拟玉客踪频。
诗增滋味多邀燕,心醉窗晴觉育春。
枝杪卧梅风解意,游园红浅步无尘。

初冬遇雪有吟

秋尽霏微颜色收,天心未负上高楼。
试茶小憩山容素,飞雪长吟曲巷幽。
真叹到时寒不断,每逢摧叶影难留。
寻来冬趣无寥寞,属我西风语对酬。

东北初冬有感

北风乍起摧山木,菊败新添彻骨寒。
日暮幽幽人迹没,楼空漠漠鸟声残。
一时滋味惊凡客,千里江天度岁阑。
早待梅香歌韵醉,此间萧寂作清欢。

小雪吟

倦游寒引宿人家，时令融和储物华。
闲卧听山深覆雪，高眠得趣漫烹茶。
初临缭绕连天雾，拟作依稀笼月纱。
久伴酸风空素影，客中裁句梦生涯。

雪夜独吟

灯深影落白云篇，向晚言稠味杂然。
欹枕时知寒渐起，听窗不耐雪频穿。
客心空赋新声里，乡梦惭虚倦眼前。
毕竟多情期未定，归书聊写问经年。

小雪有感

初逢小雪寒来日，篱菊稀疏懒对盅。
山雾泠泠萦峭壁，残晖漠漠照枯枫。
拥炉不胜秋容过，欹枕难言暮景融。
久计新年多慰意，昨宵梦熟旧诗中。

冬中独坐

酒痕新染归无计，不见萍踪意未平。
约略翻书存雅志，寻常取韵动微情。
樽前梦洒知寒泪，吟里宾来带月迎。
此刻谈禅因寂寞，只身愁结倦闲行。

冬日遣怀

窗明云淡虚模样,胸次牵情寂寂寻。
影瘦吞声临卷久,梅红成韵向寒深。
无端远信清宵解,换得遗风快雪吟。
闲搁残诗堪费纸,当年别了景沉沉。

冬日实习公寓停电有感

岁晚催愁扰客心,微光忽恍夜窗寻。
寒添踪迹风霜紧,泣向羁魂物色沉。
未许离情劳世态,早期芳讯报家音。
几番醒醉酬清趣,取次无端惹涕襟。

大雪有感

小舍寻常不负冬,衔杯裁句各开胸。
吟馀酒暖邀凉月,静后窗虚伴玉峰。
自笑风尘滋味少,还期书札客心浓。
今留韵语思无倦,切切怀君醉旧踪。

雪中吟

酸风喧聒歧途远,银裹山光入素襟。
雪满推窗开睡眼,炉红照梦倦归心。
独怜冬夜寒梅瘦,尚忆乡村远客音。
犹自飘零何处泪,惯于久别一时斟。

冬雪夜题

今朝积雪淡青山,萧瑟寒风入水天。
云动渔郎无暇顾,江凝船客不能前。
闲常烹茗听松竹,时或翻书窥圣贤。
自语莫哀摧挫事,燕归霜去是新年。

大寒待春有感

寻梅听雪不思眠,闲处游心乐少年。
舞待春衣辞旧日,歌留腊酒梦尧天。
谁知夜静吟灯语,久计寒消折柳缘。
聊慰君怀同寄信,星周任物醉居然。

深 冬

塞北冬深雪正飘,倚窗饮酌望天遥。

霜凝江影多荒落,冰结山光剩沉漻。

谁觉飞鸿惊异客,只知晓日照长桥。

自寻红线穿琼树,但愿今时解寂寥。

菩萨蛮·春夜

夜来影动银河渡,沉沉清绝藏云树。酣醉想羁人,酒分多半春。

微明徒四顾,不忘来时路。江静夜声频,故园花月新。

浣溪沙·春花

枕向南窗淡淡香，繁枝摇影得情长，闲来浓睡梦潘郎。
蝶舞案前因锦字，莺啼花下为思量，清欢不语作新章。

诉衷情·春游

花间风景酒心酬，樽前古树幽。轻舸梦，斗芳洲。山雀雾中游。

随意水光流，暗凝眸。诗吟俊赏旅情羞，探春柔。

巫山一段云·春游

一醉东风味,莺鸣梦二三,池光涵翠柳纤纤,微雨湿春衫。

画里拈花巧笑,归路又寻新调。相宜因雅颂周南,融融野趣酣。

临江仙·春行

衣溅香泥花不数,犹思寂寞归途。半酣画意梦樵苏,南窗莺语,脉脉惜春书。

好景翠添寒老柳,无端字韵怀虚。东风暖里记当初,知心论世,醉眼觅闲居。

梦江南·早春

寒气浅,自笑寸肠新。老柳敲窗酬早雨,乱红随水洗尘痕。闲逸不辜春。

忆江南·春日

春莺舞,伏枕梦清襟。漫对墨花添酒气,长怀诗草示禅心。幽胜解微吟。

踏莎行·早春

古木生幽,飞泉聚翠。春吟多遣云林媚。闲歌诗酒懒听禅,东窗风暖花先醉。

往事谁同,愁心漫寄。流连烟雨宜浓睡。寻常酬对任天然,谈谐也解清虚味。

谢池春·小城晚春

绿影纷纷,苒苒故枝滋茂。眼中春、馀欢剩有?案前听燕,对景思量久。忆锦笺、字痕深透。

酣歌巷陌,此际诗生花瘦。惜清樽、流年不负。犹谈王谢,旧时传文绣。画尘梦、小窗风柳。

金莲绕凤楼·游春吟

翠漾流光池清浅,凝秀色、香枝连卷。渐浓酥雨添春苑,湿苔茵、懒舒望眼。

如今胜游送盏,频浩唱,韶华烂漫。雅知灵鹊声声唤,留心空、赠贻题扇。

长相思·春晨

风一樽,影一樽。花曙寒凝绮阁春,清吟动客魂。
韵无痕,意无痕。莫误浮踪传语频,素心多半醺。

西江月·春夜

　　远树悄藏明月，高楼多绕香枝。风生短榻染清辉。取次偶吟春帖。

　　今夜飞虫随步，无端催觅新诗。寻常又是话归期。寂寞南窗笑靥。

浪淘沙·春夜

　　微露湿闲园，风过窗前。欣猜花下蝶慵眠。流水潺潺偷聚翠，也待暄妍。

　　双影酒中悬，夜话新年。春江笔点寄天然。心绪渐浓山气暖，画里人间。

点绛唇·春吟

镜染桃花,帘开小馆春香入。莺儿幽蛰,新句随游屐。

繁影风添,流水同嘉客。醉渔笛,多情寻觅,一片无端忆。

青玉案·春吟

平潭柳嫩飞红雨,小窗绿、春衫舞。天水相宜思几许?新添幽意,诗因私语,对酒歌今旅。

画桥曲曲人闲伫,胜境登临片鸿去。惯看风尘无尽路,素心难觅,早茶频煮,邂逅生情绪。

忆江南·春中独游

凝心语,独个待佳期。赖有尘襟临梵阁,还须归梦悟禅机。无计笑愚痴。

忆江南·春中

千山翠,邂逅北湖行。草色风罗酣日暖,流芳浓馥慨烟晴。心事寄莺鸣。

祝英台近·雨中客居感作

物中吟,案上酒,歌助春光近。聊许贪欢,终日催新韵。应笑醉眼心怀,风流无数,酬燕子、频传音讯。

误方寸。又生客意千端,小酌同清论。绿透窗纱,流连知香嫩。极眺缥缈烟岚,半遮好景,雨渐促、回廊行问。

相见欢·春游

春分香蕊漪流,僻村幽。又着新衣漫尔、忘浮休。
青果小,寻芳草,露痕留。自在同随红雨、俚歌酬。

清平乐·春景

　　万籁竞秀,好景将心诱。帘外云飞杯影皱,古渡寻常烟柳。

　　望眼送别天鸥,临窗梦入玉楼。池满绿风花醉,小山钟晚生幽。

蝶恋花·春

　　莺语春生江路柳,胜处清闲,纵论歌新酒。梦寄流年心醉后,窗间蝶舞思庄叟。

　　不尽空山天韵秀,懒卧孤村,小舍逢佳友。烟雨相宜回望久,东风阵阵随襟袖。

如梦令·春中吟

画阁时时蝶舞,锦树萋萋莺语。无限醉人茵,铺作缤纷幽路。献赋,献赋,欲寄浮生朝暮。

清赏皆因养素,邂逅都缘春渡。纷若影相遮,感慨光阴盼顾。谁误?谁误?多少会心游侣。

水调歌头·春夜

高枝隐宿雾,明月照春流。风生沙岸,空江新影落渔舟。三五虫鸣花下,一二客心与梦,有味在琼楼。谈笑歌无章,决眦览清幽。

击玉盅,摇团扇,对芳洲。寻常取次,直抒逸韵画星稠。小院繁多颜色,偏爱露芽鲜翠,得趣引诗酬。书寄思无限,夜静正凝眸。

天津辑

贺新郎·春中出游吟怀

日暖东风爽,翠光环、燕飞红漾,寻常门巷。衣浸芬芳随双蝶,笑里居然游赏。桃花雨、牵情气象。林馆帘开枝影入,画扇摇、茶沸同凝望。梅子小,齐新唱。

依依回首中天旷。过青云、寮檐向远,韶华觉畅。幽草萋萋微尘染,真趣描摹纸上。正赋咏、偏宜闲放。心醉太平欢须信,宴乐佳、有意思时样。归客舍,记清况。

苏幕遮·春日饮茶

醉流光,舒爽气。花事流连,闲卧茶声沸。客舍逢迎幽趣贵。雏鸟喧啾,取次知韶岁。

觅诗肠,歌宝佩。不倦青山,成梦宜春慰。最惜少年还笑对。烟雨一身,半盏天然味。

卜算子·惊蛰

酒客醉韶光，春笋临微雨。青染湖云映鹧鸪，曲引花间渡。

韵语意纷然，寻趣持杯顾。取次逍遥觅新声，胜赏怀山侣。

蝶恋花·谷雨

试探平湖幽影碧，万籁春归，歌笑知阳律。小醉素风青眼觅，子规三两随游屐。

我笑千秋吟旧迹，斜倚风中，细酌抛繁剧。偶遇山翁同放逸，空林漠漠酬诗癖。

蝶恋花·鸟散溪头空晚峻

鸟散溪头空晚峻,古寺香炉,烟缕昏烛隐。潇潇暮雨无寄讯,临江观眺独搔鬓。

摇影窗间徒悯悯,梅子酸时,红蓼渐残损。一洗空庭尘暂尽,惊忧梦里南柯郡。

醉花阴·霜凝冷清春江柳

霜凝冷清春江柳。流光冰玉漏。疑惑九宸寒,打落星辰,星落滴珠斗。

醉醇洒沃湿红豆,皓齿笙歌奏。兴起几时眠?梦落沙洲,一夜梨花瘦。

鹧鸪天·茅檐滴雨湿红花

茅檐滴雨湿红花,听窗猜有半池蛙。稚儿篱下戏黄狗,女子窗间学绩麻。

晚凉适,翠光华,虫鸣深草野人家。山歌多唱俱嘲哳,浮日闲斟半碗茶。

鹧鸪天·日滟溪中照古苔

日滟溪中照古苔,儿童戏蝶两无猜。山鸪啼唱随人去,佳客谈谐带影来。

光泽柳,翠凉斋,蓬门一径为君开。小炉火熟茶汤沸,窗下敲棋伴野陔。

鹧鸪天·深草萋萋伴流萤

深草萋萋伴流萤,微光照客总零丁。一篇少得游龙势,众口难成鬻凤形。

存逸气,觅文星,瑶台遗梦觥筹停。独居惊枕多情动,影落花前照素屏。

鹧鸪天·莺啼绿影霜渐稀

莺啼绿影霜渐稀,微凉春夜露沾衣。屏遮浅碧琉璃色,烛滴真红琥珀脂。

风招引,柳依依,举觞放意浩歌陪。疑猜庭树光涵雪,隐约新花生旧枝。

青玉案·小城初夏

鸟喧日暖将情寄,懒还顾,酬青水。心向物华林荟蔚。韵添柳展,红香蝶醉,细雨承嘉瑞。

放怀巷陌携双履,伴影临山梦花底。一任风流闲小憩。半窗画境,满腔真意,取次清欢味。

江城子·初夏独吟

鸿穿花树影沉沉,满清音,赋尘襟。樽下醉眠,大梦白云吟。倦客安闲知雨意,炊烟晚,抚人心。

我酬岁月惯孤斟,夜光侵,不堪寻。此个冷香,梅子信憎憎。一曲新添千种味,空怀乱,叹幽深。

苏幕遮·夏日吟怀

好音幽，佳气拥。一霎南风，暗把流芳送。画里诗心天外梦。影入清浔，取醉闲吟弄。

恋香枝，情自动。细算光阴，邀客歌棠颂。漂泊浮生谁与共？别馆回眸，素愿依醅瓮。

浣溪沙·夏中独居

风润红香醉一壶，纷然绿漾雨荷珠。吟罢摇扇独深居。

取韵无端归阒寂，追欢对影梦清虚。寻常酬意赋笺书。

江城子·夏日出游

千峰光浸画桥寻,晓烟深,舒烦襟。云水清绝,池畔乐闲吟。留客相酬需早眺,问暖语,笑中斟。

减字木兰花·夏日出游

幽生清涧。赋就梅风香韵浅。坐对山蝉。不吝逍遥沽酒钱。

诗怀千万。纵赏放情循素愿。闲话鱼笺。细问萍踪乐世缘。

定风波·夏日出游

棹响平湖见钓家,伴歌摇扇显生涯。自守禅心随烟雨,消暑,菱荷频舞醉风华。

真惬怀情闲里赋,偶顾,时听鸥鹭过江沙。莫问将来归去路,独步,细寻夏韵慢斟茶。

河传·初夏出游

翠嫩,香润,静中寻。芳树莺鸣幽深,清时滋味入素襟。微吟,栖迟闲处斟。

村远烟笼传风信,分题韵,懒倚花间问。玉山临,思量侵。如今,不知留客心。

定风波·夏雨中吟怀

空院香浓翠影清,微波悠漾小窗明。款款塘风菱荷嫩,有韵,知心酒暖笑浮生。

寄语涵情思燕信,膏润,阶前虫曲一声声。宴醉行歌望眼困,频问,去年踪迹几时迎。

贺新郎·夏夜

我啸青山拥,影嵯峨、池波融翠,暗将风送。真境闲尝沾花水,此个清吟谁共?心赋就、桃源幽洞。旧隐缘间书韵罢,语无端、古句低声诵。荷月伴,学思综。

独望归鹭传瑶瓮。不叹晚、寻常物象,逍遥天纵。安卧贪杯摇纨扇,且喜文酬时用。夜窗下、村歌一弄。绿涨依依寒入醉,小舍中、梦里逢飞控。新字浅,意犹动。

桂殿秋·雪夜

千嶂静,步廊幽,灯摇约影探梅羞。闲来踏雪听终夜,慊慊微吟是白头。

山水辑

寻轲

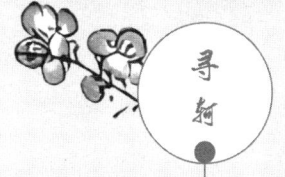

　　熊轲是我这美术老师门下有点叛逆精神的例外。诗，我不敢讲是内行，但还能读懂熊轲。在青春洋溢、朝气蓬勃而富有才情的熊柯面前，我不是老师，我是学长，愿意和每位缪斯徒子一起拜读他的诗。

——宁夏中宁 杜宁旭

游湄洲岛妈祖庙有感

云来湄屿启淳源,翠幕幽然倚水轩。
客待潮音逢端绕,神扶天韵顾春繁。
九州荟蔚遥传事,万户韶华欲寄言。
古庙冲融同颂祷,惠风宜醉寄莺喧。

须弥山石窟

清风留客襟怀阔,物态悠然历古今。
瀚海驼铃延月梦,关山佛窟问禅心。
诗逢飞鸟鸣丝路,酒对黄沙寄漫吟。
醉访遗踪多好兴,萧萧曙色共栖寻。

临夏吟

坐镇河湟易纺绸,四方商贾势无休。
胡笳悠扬团茶暖,野气氤氲细雨柔。
古调常年歌美事,彩陶千载记潮流。
汉唐遗韵留春地,伴客花间素月酬。

袁州吟

早待莺歌临要镇,安然烟景卫承平。
生寒野洞藏芳馥,蔚秀春山涌玉英。
湖月涵光分韵雅,天风皱绿放怀清。
寻禅又入酌江醉,向远酬咨散逸行。

夔州吟

翠屏半隐拥山隈,万籁钟情尽楚醅。
城堞风生形缥缈,烟江星洒势崔嵬。
流连夔峡狂吟客,健羡诗名醉韵杯。
欢胜此游寻逸迹,许身乘月梦周回。

南天湖寻梅

顾景幽遐野迹深,相随成趣洒然寻。
湖涵峰势流莺梦,亭近春枝逸客心。
寄讯樽倾酬雅韵,耽诗物好醉繁音。
和风拂面翻香雪,取次禅缘见素襟。

湖前赏梅偶感

晨暖香萦燕伴风,步游怡悦笑谈中。
春归宝地梅争韵,湖映繁枝蕊滴红。
疏雅慰怀频觅趣,流连煮茗细听虫。
千寻回眺施青黛,又把情添醉墨融。

都峤山庆寿岩抒怀

云隐佛心峰势秀,高悬古刹倚青苍。
谷莺声送天然梦,野水风回自在肠。
兼赖清听知睡昧,拟将幽咏释禅光。
静虚笑寄新春里,小憩佳妍赋一章。

步邹继海《观音山东风苑落成》原韵

安居胜地眺长空,好语清新慰古风。
唤客醉吟生意气,飞觞落笔聚才雄。
偏宜啸傲千山外,寄与逍遥一韵中。
我梦流连酬雅会,此间贺善自心同。

天沐湖

无限天光盖晓寻,独游适意爱清音。
鱼翔芦底窥春浅,鸟立湖滨觉绿深。
田圃平分涵暖水,客民尽抒顺时心。
最宜小驻寻滋味,已遣新诗解素襟。

山 行

一醉南风小院香，闲游凫鸭闹清塘。
泉鸣聚影重重翠，竹净滴珠浅浅光。
试墨推敲寻水乐，煎茶酬酢换山凉。
花摇添色迷双蝶，莞尔频吟意不常。

雪中少林

纷纷雪满染冬衣，古刹清和寄象希。
问法素襟无世虑，探奇幽韵觅禅机。
磴音风伴天心赏，嵩岳云连物态依。
多幸高怀涤净土，一吟灵籁醉春祈。

太湖吟

一泻银潢流震泽,素光涵水荡春波。
中天月满云烟绕,四野绿垂星斗挪。
梦语西施描翠黛,醉疑范蠡放清歌。
窗前夜话鲛人泪,绰约渔灯影稍和。

开　封

梁园小酌半杯秋,汴水烟浔渡客舟。
月洒州桥生玉露,云归古寺沐禅流。
清风映得人间色,香径东来石上鸥。
梦枕开封今日醉,穿花寻胜似蓬丘。

大湾吟

大湾碧色洗沧溟,启曙微寒隐短汀。
两岸水云涵列岛,一川烟雨入银屏。
醉眠清夜题诗句,闲约霜辉待酒星。
仙客欲偷瞒不住,暗藏半份在瑶瓶。

"骏眉中国"之信阳饮茶寻味

紫瓯光溅信阳红,温润清心自在中。
郁郁众枝青弄影,绵绵一味腋生风。
路斜宜笑添痴客,茶熟沉酣觅隐翁。
频顾寻诗香满径,梦邀陆羽月前逢。

读《赤壁赋》有感

山势蜿蜒开胜迹,众星萦绕照横桥。
春汀潋滟蓬莱梦,古渡依微朗月潮。
卧对飞花归沉静,闲邀苏子醉和韶。
风环两岸虚明夜,俗客幽疑赤壁箫。

春日西湖思苏东坡即景

野气氤氲觉雨栖,柳烟滴绿入春泥。
新逢燕迹啾啾到,半醉花阴处处迷。
二岫云横浮白玉,六桥香绕缀苏堤。
梦邀坡老酬天水,诗韵一湖共咏题。

巴山大峡谷听雨有感

壑气幽然生逸韵，闲吟古迹叠云横。
蜀川倚势连岩瀑，舟客凭高叹寨城。
天阔风回鸿影下，峡深雾隐众峰倾。
敲诗觅趣逢春好，且待飞花报雨声。

游三峡有感

三峡龙蟠蔽太霄，夔州灵秀斗星昭。
观游多赞天音道，宴乐逢酬白帝谣。
须信名山栖泽兽，欲随胜概泛江潮。
凭凌碧嶂抛紫绊，会待蝶魂歌九韶。

青州古城览胜抒怀

老街灯闹素光流,新节开怀古意稠。
夜静风和紫刹寺,春回星洒饰灵湫。
闲吟楼月晴窗绿,醉对诗心画壁幽。
书院邀君多蕴藉,应知一梦笑中酬。

山海关

四望无垠竞峻高,倚天分势伴甜鏖。
燕山逶迤拥幽迹,渤海苍茫荡碧涛。
骚客赋诗千种味,东风酬兴一杯醪。
期逢鸿鹄经雄隘,同济中流摇小舠。

哈尔滨冰雪节赞

名城冬韵素心留,烂漫霓虹共夜游。
月照琼花飞玉树,风萦画殿绘神州。
无边清境吟怀寄,不尽韶光望眼收。
来往行踪多涉趣,冰灯欣赏上层楼。

风雨桥书兴

画依胜迹醉青葱,月照垣墙掩草虫。
千点流光城不夜,一桥古韵景相融。
观游笑论朱明史,寻味酣歌八桂风。
船载诗情春意早,绿痕尽纳水云中。

九宫山云关隘路感作

无限苍茫数仞峰,似经蓬岛恍仙踪。
雾迷万壑云关隘,翠滴千秋石道松。
对景宜心寻物趣,吟诗寄傲赋襟胸。
莫言浩渺伤终古,一笑鸿蒙不服庸。

武陵山大裂谷览胜写意

万岭中开古月悬,东风渐渐入澄川。
笑谈邂逅花前客,赋咏从容醉里天。
洞府幽深滋翠势,名山秘隐近翛然。
一方清绝怡瑰质,春水沉沉照影眠。

楚王陵

王墓威灵寒未绝,遣怀不胜草痕新。
兵严谨守他年事,燕返空寻旧殿春。
千古玉棺陪汉土,只今陶俑记先民。
竹书少见宫中策,惟有常言与路人。

恒山醉春

劲松苍古幽成阵,老寺悬崖意不群。
风约花添香僻路,烟消清照醉山君。
诗家遗笔千般妙,翠幕衔天万壑云。
久酿杯光十八趣,碧穹浩旷换馀醺。

景福寺寻幽

峻麓清虚聚物华，绸缪春雨细成纱。
石分水韵梵音古，绿染苔痕涧谄斜。
次第檐光关岁月，依稀窗影共禅茶。
始知虫趣缘犹在，六律阳和寄墨花。

滕王阁寻味

曾忆滕王雅量开，飘摇逸韵近天垓。
碧霄雾锁滋幽势，悬阁星回济俊才。
笑傲豫章邀月去，讴吟序稿御风来。
闲襟恳款知虚籁，清磬虔心梦玉台。

玉道红枫顾黄昏

涧水萦纡诗眼旷,光浮万壑古峥嵘。

氤氲霞绮归渔唱,隐暧山幽待夏声。

寄傲虚窗烟火静,闲吟小馆素心清。

悬知生醉依依影,更取醇风共燕盟。

步游八达岭抒怀

横卧长龙千岭峭,渐浓爽气碧光新。

随风吟啸明宫韵,对客攀谈帝子臣。

我醉翠屏皆作画,心从素愿独修身。

纵情山际天如水,岁岁涵濡第一春。

春里观祁连山有感

淡淡春光消朔气,萋萋郊野近浮云。
对窗杉影留岚色,绕舍莺声报日曛。
烟著孤村归客散,风吹歧路塞尘纷。
古今旧事多谈笑,尽醉清欢长伴君。

须弥山

塞上黄尘飞朔漠,长风浩荡伴云移。
旧篇仍叙丝绸路,新燕还寻花木期。
岩畔山房涵夕照,洞中石佛绕游丝。
春归何夜肥幽草?应是古来河水滋。

六盘山

绿掩峰峦韶气透,一时万籁卫西陲。
柳条婀娜依苔石,芳道崎岖绕镜池。
文藻酬情君坐久,光华迷眼客归迟。
此间望尽无边树,总与清风定后期。

贺兰山

九曲黄河控古关,胡儿饮马贺兰山。
峰峦起伏侵涂道,烟雾争持蔽市阛。
天际遗光瑶佩湿,楼头浩唱玉弓弯。
犹言毅魄英雄势,手缚长缨青史间。

过夔州

目断停云锁玉峰,尚烦猿啸泣青松。
花催短景吟无数,客觅长生古不逢。
醒醉惊辞酬酒境,风骚聊慰采诗踪。
痴心邀入壶中世,野趣薄寒旅梦浓。

初秋山游有感

雨歇风停林树晚,残霞瑟瑟绕危楼。
涧泉滉漾涵山影,野气氤氲湿半洲。
决眦寄怀南蓊雁,吟诗缘颂古园秋。
村深一品黄花酿,偶遇鸣蝉始报愁。

邀客赏景

邀客偶行添惬适，青林经雨始争妍。
渚莲雅淡藏游鲤，涧水清华济古泉。
声隐投竿风物胜，光沉濑石小词鲜。
江城一梦迷如画，独笑胸襟入逸篇。

游山亭中饮茶遇旧友遣怀

小亭邂逅寻云路，风助繁声觉畅欣。
千缕碧纱花雨润，一杯红影渚茶醺。
依稀光动枝低簌，次第香浓雾郁纷。
应解清华佳景婉，笑言诗趣贮湘芸。

春日秦岭抒情

新绿抱岩知暖近,长龙九曲卧烟涛。
重关烽卷遗音旷,秦峪星攒国韵高。
万籁冲虚酬太乙,群芳解语醉春醪。
墨题微雨千峰锁,碑字浮年记逸操。

镜湖公园

把酒称扬蓬岛迹,何缘城静乐舒长?
泠泠湖水留云影,朗朗澄空落镜光。
无限新声风物趣,未深清韵梦华章。
振衣寻醉因秋去,万籁天然育嫩凉。

武当记梦歌

玉殿流光照九畿,聃周羽化换鸾衣。
云横河汉清虚隐,风溢乾坤妙法迷。
元气淋漓题琬琰,青烟郁郁运璇玑。
瑶台吟咏沽薄酒,月影江涵北斗移。

少林寺抒怀

随风翠暖影森森,寺隐名山伴鹊音。
洞壑清幽聆梵呗,玉泉寒静养禅心。
寸肠偏爱花间寄,万籁多宜石畔寻。
胜事流连欣一望,不辞朝暮自然吟。

游山寺有感

香烬犹燃烟细细,日临禅院照青苔。
虫鸣林樾山光静,雾散江湖峡路开。
亭畔挥弦邀白鹤,榻中得梦上瑶台。
客游烹茗韶华里,此际清风扫积埃。

双龙洞

晴日春游仙客洞,春风十里玉枝斜。
光涵古寺浮云壑,气绕空林隔素纱。
山窟溢流鱼戏藻,泉源沉影鸟啼花。
坐谈偏爱险峰秀,偶遇佳期慢煮茶。

钦州王岗山感怀

松畹森森曲又连，岩峣攒翠笼苍烟。
石崖杳杳遗真洞，野水粼粼溅玉泉。
叵语襟期花底寄，暂迷春影酒中悬。
浮云望断应知意，一笑光阴爱少年。

夏日周末游净月潭

森森深映小窗间，绿涨红残雨锁山。
独守潭光星错落，翻怜蝉韵意连环。
慵眠异路酬花误，默契垂杨梦蝶闲。
遥寄寸心缘一霎，岁华荏苒影潺潺。

江南春

碎月悠然分树色,远山光满水烟中。
春肥香浅幽怀静,雨湿檐低玉蕊红。
挼弄棋丸青柳眼,吟成新句忆南风。
江村歌起吴牛倦,花发尘街觅雁鸿。

牂牁江

水雾绕环新绿深,夜郎古迹睡幽林。
夏宫猜有青钟奏,御殿犹能异曲吟。
旧驿萧萧涵国史,群村隐隐慰遐心。
扁舟一叶寻光气,危嶂连天影倒沉。

泸州醉

其 一

夜半灯前待诘晨,独归小艇向芳津。
星文绕舍云阴散,清沚涵光翠色新。
游雾飘摇风细细,平湖浩荡水粼粼。
与天一醉泸州月,对酒常邀玉殿人。

其 二

沱江浩荡卷韶光,桥畔人家久饮觞。
宴集杯倾端玉露,弦歌音合舞红裳。
日高倒影青云染,野旷连天水鸟翔。
醉里方知春意近,频邀佳客赋诗肠。

泸沽湖夜

琼蕊缤纷水自流,夜来湖静影悠悠。
穿林新月涵江浦,结伴沙鸥隐苇洲。
云气飘摇青嶂寂,渔灯绰约小舠休。
酗觥梦上瑶台境,醉欲摘星凭古楼。

泰 山

其 一

眺览颠崖日欲昏,山横三处势平吞。
深林啼鸟天光翠,绝壁悬松烟霭浑。
汉帝濯裳裡社稷,秦王抽剑割乾坤。

岱宗森渺隐龙迹，力压群峰为独尊。

其 二

晓雾空蒙匿道翁，泰山奇秀各无同。
云藏峰势疑沧海，雾失天光望玉宫。
应见苍岑云里影，扶摇青汉日中鸿。
凌巅欲起少年志，手挽红缨舞八风。

寿王坟

四望青峰抱远村，明时驿道久无存。
新花尽放随新客，古柳低垂守古门。
长醉又添庄叟癖，东风犹吊寿堂魂。
满城春色描心里，倾影山前浊酒温。

黄河三峡

三峡延绵控绿湖,一川远影割山图。
樵歌对岸酬鸿雁,鱼戏中流嵌玉珠。
水漾霞间花气馥,云横楼外夕光逾。
此时客醉思千酿,闲卧轻舟饮半壶。

函谷关

龙脉延绵横豫州,雄关控扼据天流。
中原逐鹿起深策,七国鏖军并列侯。
壮士迷离女墙月,飞沙掩蔽旧时楼。
曾知卷甲牙璋没,遗韵随波伴去舟。

春游泸沽湖

燕啼春暖贮韶光,泛棹泸沽水瀹泱。
鸟觉雾中村寨静,后龙洲外野禽翔。
垂纶池畔湘文鲤,纵酒桥头酌桂浆。
满目山河欣墨客,寄君芳讯溢清香。

六盘山国家森林公园

削壁凝烟万籁融,潭添翠影掠轻鸿。
吟成古意寻天韵,唤起幽怀醉桦风。
雨景自然闲雅满,水云无限素心同。
唱酬诗酒逍遥味,即此身栖野趣中。

夏日游六盘山

翠浮泛漾萦幽壁，丽日融融物趣新。
山染云烟青潋滟，水涵洞壑秀嶙峋。
寻常痴客花源醉，取次佳年鬓影真。
须记熏风痕浥浥，转愁摇落散芳尘。

步游青岛栈桥遣怀

星斗巡天护夜桥，疑猜琴女眼迢迢。
绿汀怀古逢奇韵，飞阁沉光入海潮。
春酌应须诗境醉，客吟多觅水宫谣。
不知白塔斜明月，犹照窗前意未消。

咏兰考气象公园

闲望云鲜映石渠，幽园雨润感冲虚。
风归暖律星文璨，心许春光爽籁舒。
滚滚大河酬酒半，悠悠碧影赋花初。
思寻不负焦公梦，莺啭新添笑自如。

剡溪吟

溪烟绿浅涨云根，韶景峥嵘韵事存。
幽鸟影随歌谢屐，悬岩泉泄湿香痕。
细询禅味清虚境，又探晋风俊逸魂。
今梦谪仙诗醉客，共酬真趣入芳樽。

清水河抒怀

新晴宜稼久安居,流水潺湲唤蔚茹。
塞上优游歌画境,樽前膏沃醉田庐。
流连悦性鲜云静,喜遇怡颜韵语舒。
莺啭能酬丰岁梦,闻芳待客笑春初。

恋恋西塘春

江南幽素燕先知,小镇逢缘语凤期。
村舍香迷酬古意,廊棚青染漾春姿。
笑谈往事真源沂,邂逅和风笔趣宜。
萦梦天然依水韵,吴歌取醉雨花时。

山水辑

秋思栖霞山

栖霞古寺映丹秋，此景何须写尽愁？
红叶杂霜辞旧岁，长虹连嶂入天流。
六朝骚客存风骨，千里烟空迎画舟。
兴动百年拂影过，金陵好色驻琼楼。

夜游山寺归宾馆记感

梦久新衣渐染寒，名山雾萃暗寻禅。
依稀白鸟临窗月，隐映青灯照露团。
堪感风尘梅韵寂，犹怜颜色夜光残。
不辞樽酒酬花误，春信迟迟锁画栏。

偶见冬中古寺有感

窗虚独个觅吟篇,老寺灯昏照旧年。
总是雪声犹不定,深谙寒律纵翛然。
风高催促思量语,庭寂流连自在眠。
惟有私怀增古意,中宵添影漫寻禅。

广济寺

幽幽赭麓通禅境,意远和歌自在行。
滴翠轩中风韵古,凝烟林里露华清。
期寻梵塔浮岚色,欣入阶庭响履声。
一悟菩提成大梦,振衣来去有澄明。

红罗寺石窟

黄河沙涨复遮漫,旧迹诗间慰浊醪。
洞窟遗风良匠巧,浮雕成韵古心高。
可吟紫塞传香刹,绝叹红崖会怒涛。
酹史多言丝路客,唱酬故事共清邀。

沙湖旅游景区

一望平湖意绪加,闲来吟赏喜生涯。
樽前新翠藏禽影,舟后游鱼戏苇花。
微雨冲融春事盛,骚人旴睐塞风嘉。
天成水韵酬真味,慷慨歌中踏软沙。

回龙溪

燕语新枝绿满川,荡舟怡畅爱天然。
观音洞里仙翁隐,挑水河边峭壁悬。
谈笑芳郊寻古刹,步趋幽径觅清泉。
九狮拜象彩纷若,游客吟怀忆妙年。

竹山圣水湖吟怀

游意逍遥伴艳阳,天然旖旎画中藏。
莺啼草树歌佳韵,翠染烟云漾镜光。
和气悠扬花底静,韶华掩映渡头凉。
梦魂此夜因风醉,不负诗心入水乡。

庐山醉

峰聚苍茫雨气蒸,鄱阳映蔚绿漪增。
天然泉影归群籁,自在人间伴几朋。
三叹寻诗幽韵醉,一心览景晓光承。
儒风千载留清雅,不负流年共早登。

游山记怀

晴拂雾色润花团,放旷声新对层峦。
谁谓风流知远意,宜同俚曲共清弹。
酒酣烟水眠云客,诗就江湖钓月竿。
乡味多无次第醉,闲游复醒使鼻酸。

登山吟怀

胜游烟水景光融,夏扇闲摇乐此中。
寂寂寒泉临古刻,瞳瞳晓日照轻鸿。
寸心偏爱清诗瘦,斗酒相宜蜀道风。
悟静洒然寻醉墨,放怀花满慰思同。

尧山谣

长瞻峰聚苍松劲,云海微茫万籁鲜。
吟叹斯文寻胜迹,轻舒心境醉尧年。
风开飞瀑诗留趣,韵取碧潭禅对妍。
酒满春杯宜纵目,行歌曳履返天然。

商 山

商山爽气翻飞叶,客睡新楼梦霁颜。
古寺钟鸣晨愈静,疏林鸟唤趣多闲。
烟浮高壁丹青迹,影射空阶水墨斑。
偏爱此生皆逸事,欲随四皓隐云间。

紫云山

仙源引兴碧空长,坐见清妍伴晓凉。
云壑郁盘通古刹,寒潭潋滟近浮香。
交游心染幽禅韵,谈笑春摇翠柏光。
前路未知风簌簌,莺儿应解觅诗郎。

九龙潭

燕语频频觅井泉，老林滴绿影悬悬。
小亭隔涧波光漾，峭壁倚云山水连。
三峡奔流沉画景，九潭韶气显天然。
舍中对饮无萧瑟，深处偶听鸣杜鹃。

游绿谷

小窗投影照垣墙，野谷娱游渐觉凉。
满目碧虚涵净浅，一溪芳草馥幽香。
披衣论古消心象，伴客煎茶品寸光。
空盏浮珠藏意味，长期老笔可成章。

逢闲约客游绿谷醉吟

步游古道入初秋,约客觞歌望雁楼。
霜冷飞光馀浅味,柳摧瘦影乱芳洲。
草深未觉幽姿逝,叶落多陪碧水流。
暂赏青山开醉眼,清欢常觅伴冰瓯。

春日张家界国家森林公园寻胜

重岩千仞起天梯,风物舒怀望眼迷。
雾隐青峰云外幻,人窥锦雉画中栖。
唱酬幽韵临芳树,邂逅寒泉照彩霓。
万籁唤吾频问渡,此身醒醉探湘西。

白龙峡景区吟

嫩叶翻飞光净浅,新芳绕水向人开。
悬岩万仞摇高树,溅瀑千寻洗旧埃。
江上任他清泚漾,醉中谁把绿丝裁。
凤山展翼争韶景,群鸟啼春伴客来。

牛佛镇寻趣

叠峰绿满混青烟,胜日情酣迷自然。
四月韶光滋树势,一江春水育丰年。
入樽村影东风染,邀饮新醪肘味鲜。
犹喜谈谐逢老叟,歌中伴客醉暄妍。

春游大乳山有感

潮信腾凌翠幕环,时新次第爱翛然。
醉酬春色生灵地,歌伴长云笑寿年。
列岛天留烟雨梦,幽禽啼入洞源妍。
振衣居乐因心济,赏惬揖风明誓缘。

游潜江森林公园有感

歌起春江惬意风,葳蕤馥郁粲光融。
树添杳蔼诗心聚,燕入啁啾醉梦中。
四座论文邀粹藻,三沽酬酒觅曹翁。
良时旖旎随来客,水韵绿涵新酿红。

玄武湖感怀

晴川攒翠豁尘襟，稽古鸿游入秀林。
烟柳光浮迷梦笔，云山籁起解禅音。
漫留闲趣平湖寂，又染春风画韵寻。
倾倒五洲文苑客，与天赋醉笑凡今。

同沙生态公园吟怀

游园随意慰幽馨，振鹭纷纷解性灵。
倦憩小亭今有梦，行逢荷韵水涵青。
多情转盼花初笑，一曲酬知雨后听。
观彻天然闲向暖，吟哦禅味月初盈。

玉岛红枫山庄观景吟怀

云水天涵诗眼旷,群芳风拂醉啼莺。
流连气爽归酬唱,取次神澄动性情。
纵赏平湖佳色满,寻幽香径素心生。
本然翠岛藏雄势,共话人间自在名。

唐徕渠写意

千古河渠照野云,悠悠雨色影缤纷。
光浮禾稻民谣乐,膏润晚田农事勤。
触我唐风留北塞,依然史韵梦南熏。
好怀不减酬芳客,取醉花前细缀文。

游哈尔滨过松花江感怀

一望大桥跨漫流,冰城今古事悠悠。
偶听莺啭藏春树,欢赏风生入水楼。
振藻天然灵籁醉,游心自在雨花酬。
北疆膏沐频添梦,千里繁华伴客留。

黄河曲

黄河浩瀚入青天,浸湿星文尽不还。
几曲乱波恩地轴,千重深雾锁铜关。
雨摧独见一泓水,云覆平吞万仞山。
泛棹老翁方外逸,渔歌飘落白云边。

燊海井公园

远眺云横隐七山,春融人静影潺湲。
花时莺唤香风绕,絮里枝垂绿韵环。
共迓澄波涵万籁,真逢老木聚苍颜。
叮咛待客寻幽胜,不减襟期换暇闲。

沙坡头国家级自然保护区

簌簌鸣钟自不同,沙都步屧起东风。
长河浩荡狂澜险,大漠迢遥古调雄。
胸次文章舒景气,性中豪逸上青穹。
华篇异代悠悠咏,共眺朝晖叹地融。

醉太平·茶乡赐寿

幽怀韵书,禅茶半壶,乡翁醉意闲舒,俚歌添趣殊。
风行碧虚,悠然逸居,墨浮山水清娱,古城留画图。

浣溪沙·祖厉秋风

远势巍峨绕流霞,此间契阔眺黄沙。秋光阵阵忆金笳。
酬对云山歌意气,流连风壤梦星槎。放怀吟赏笑年华。

浣溪沙·大浪天险

笑对红尘尽酒杯,风侵断岸势崔嵬。江山如画雨霏微。
旅思不禁涛濑旧,归期无计雁声催。叹望路远几人回。

浣溪沙·中流砥柱

塞上行歌万古幽,临风磐石卧中流。云连朔气望山稠。遗史沉浮知岁月,青春感慨豁吟眸。丹心不误话轻裘。

浣溪沙·雪岭堆银

翠育樽前爽气嘉,雪峰云绕望银华。融融春意赋生涯。树杪流莺添逸趣,窗中双蝶戏群葩。香风款款慢煎茶。

浣溪沙·乌兰耸翠

酥雨添新蕴素期,翠微千仞傲雄姿。莺喧古殿觅禅机。爽挹俚歌酬寿域,心安春酒醉清时。一番吟赏梦相宜。

浣溪沙·法泉地灵

万籁生凉映玉泉,纷纷翠影绕花间。逍遥此个景光闲。
醉倚亭中因雅况,吟依酒后笑天缘。留心取次任悠然。

浣溪沙·月河晚照

九曲长河起雪涛,寒生万树势苕峣。振衣邀客举芳醪。
醉倚霞光风寂寂,难留鸿影韵萧萧。行歌唱彻塞天谣。

浣溪沙·屈吴春障

叠嶂青如翡翠屏,融融沉韵醉芳馨。烟锁繁枝对啼莺。
幽伴春魂岚气暖,悄留踪迹晓光盈。岁华次第最关情。

乌夜啼·西塞山吟怀

月上生风韵,意浓白鹭诗中。花摇梵刹霏霏雨,醉影待春逢。

开宴心随江水,无端又梦蓑翁。传闻古洞藏山客,长夜话情衷。

忆秦娥·翠微峰吟怀

天映水,数峰缥缈春山媚。春山媚,叠泉涵翠,快然行履。

香泥露润生新蕊,远林燕入幽亭醉。幽亭醉,旧传隐迹,一番滋味。

虞美人·闲游

小亭摇扇吟芳草,取次听花鸟。流光细数意难消,大梦不堪与客觅清韶。

千峰翠聚声云渺,醒醉浮生笑。静同烟雨入蓬蒿,换了虚舟一曲水天谣。

鹧鸪天·青龙山慈云寺吟怀

远望晨峰动游情,禅机偶觅世中听。名传汉代释源迹,梵在春林经卷声。

万壑韵,一川星,潺湲烟水渡山僧。天缘不误酬花醉,清界逍遥任性灵。

鹊桥仙·栖霞山吟怀

商风舒意,平湖添梦,画里天然寺隐。闲吟来路暗流香,三峰醉、笑中红晕。

帝车驻跸,金陵住话,拟作无题新韵。秋山恋恋落飞霞,幽窗染、频传枫信。

一剪梅·澜沧江源吟怀

万壑峥嵘落巨川。古来莺唱,应汇天源。云横幽水浸星河,爽籁盈盈,偏咏花繁。

取次风光到眼前。性宜优游,一梦超然。寻常赋醉本栖真,画里相逢,月下春眠。

渔家傲·天山吟怀

鸟啭绿洲山清峭,诗心慷慨为襟抱,壮气轩昂须振藻。悠然貌,梦驾八骏同长啸。

我颂英雄肝胆照,今朝邀日歌年少,一醉浮生书剑傲。天韵妙,引杯不负流光好。

渔家傲·咏天子山

春满云间新翠袅,清游画境千峰峭,名迹古来闲日好。风缥缈,一望苍茫仙踪杳。

静里文酬天子笑,武陵源中佳音妙,最爱逍遥今年少。山翁调,搜诗问讯悠然貌。

天仙子·小镇寻趣

游目香街栖燕处,任意花喧逢柳舞。欲同蝶醉爱清芬,致韵古,将声赋,取次寻常归去路。

不负风流情几许,清宴随缘邀俊侣。流连月上小楼西,欣然顾,依依语,最羡讴谣迎里旅。

念奴娇·春中湖州学院

燕捎芳信,醉湖州气象,纵心思逸。窗外香浮知日暖,万里云天空碧。好景相宜,人文佐史,小赋吟踪迹。流光环树,振衣交契步疾。

览古需惜青春,闲歌弄笔,学海寻风瑟。尽道生涯情不减,有意细听幽蛰。载德承基,怀仁向礼,邀众宾来集。唱酬时律,望中清论绷帙。

念奴娇·武塘春

武塘水韵,得风流莺梦,客中踪迹。古镇繁华春酒里,灯转青红频滴。花浸波声,韶光溅影,真趣依依觅。远来商贾,待沽同集宏域。

诗赋缘起名城,眺长三角,酥雨多绵密。还惜纷然滋沃土,更劝良辰安逸。闲话人家,笑迷晚市,胜概今丰溢。相期新日,吟成文字清笛。

永遇乐·桃花园

春暖风生,镜花流水,画境清绮。翠湿泥融,香和颜色,取次桃仙醉。晴霞灼灼,粉痕藏媚,闲暇细寻真味。蝶先来、飞红吹散,诗成又隐丛荟。

平常燕语,光阴有限,烟火人家甘霈。枝影依依,琐窗青染,小舍谁浓睡。回眸去路,旧友心羡,拟作相逢无寄。觅消息、摇扇爽酌,乡园无寐。

永遇乐·北固山吟怀

帆影山随,大江绿浸,悠然云物。廊宇临崖,烟波滚雪,取次歌雄阔。名传香刹,韵成三国,皆付渔樵怀惬。欢娱有、当年翰墨,柳词浅唱虚豁。

流连风物,我自散逸,触意精神清发。闲卧凝眸,水天无限,指顾思缄札。挥弦别燕,仙家缥缈,酒向风流诗骨。酬英才、怒涛醉话,此时雨月。

满江红·春游自贡青山岭森林公园

胜概天开,春一曲、燕藏青影。依沱江、悠然气象,清虚灵境。遇雨沾衣滋秀色,相遮远树岚霏盛。啸襟怀、淑景醉莺花,风吹醒。

闲懒倚,寻心静。亭中语,知真性。云山动柔肠,对此题咏。疑是禅机诗里觅,逍遥乘乐烹新茗。趁年华、游赏笑佳音,将情凝。

贺新郎·金堂缘

　　无数青山峻，散烟岚、画帘好景，悄然风润。窗浸流光多真趣，有梦香浮水韵。邀燕子、衔来梅信。取次江头倾一顾，表衷肠、醉是佳人讯，惜逸少，酬良俊。

　　泉鸣星聚留玄鬓。畅抒情、芳菲解语，虚心犹隐。书尽相思春衫湿，偏爱天缘半寸。赋云顶、三生诗引。不负欢期金堂会，切切寻、缱绻花间问。歌妙曲，韶华近。

沁园春·临涡赋

　　汉魏多情，文酬建安，穆穆名扬。觅天然气象，蛩声荏苒，一樽日月，款款韶光。丽藻成音，奇才簇队，古意深衷表寸肠。同酣饮，任分题慰励，啸咏昂昂。

　　共传壮志龙章，三曹醉、控弦飞羽觞。感少年往事，傲随涡水，心侬骏骨，荣耀乡邦。人梦人间，佳期无数，还拟重游雅度良。慨书剑，品花茶风韵，闲向幽窗。

定风波·漳河风景区抒怀

三国遗风付白云,天然醉酿一湖春。画境清新游屐入,心逸,花添百岛解明真。

岁月无边山郁律,落笔,邀期莺蝶慰嘉宾。源水取幽青绿溢,多觅,今舒望眼细酬文。

踏莎行·三江源吟怀

天韵三江,九州气骨。灵源奇秀滋民物。藏羚自在竞追风,悠然云卷禅心豁。

古道留声,一望葱郁。茫茫远势群峰屹。闲听燕啭悟襟怀,问情净域生涯阔。

小重山·黄河源吟怀

淡话寻源烟岫青。天然生万籁、物华灵。大河九曲济沧溟。浪淘尽、笑里动高情。

我醉画中莺。和春酬古调、自由形。苍茫取次景分明。寸心切、好梦素期倾。

端正好·紫云山吟怀

影入湖山酬诗画。春千里、烟水风榭。俊游佳际得怀雅，槛外香、樽前话。

取凉仙源韶光洒。望松竹、闲歌峰下。居然醒醉探玄化，韵赋成、缘中写。

阮郎归·牛车河水库吟怀

平湖激响竞游鱼，山光映碧虚。悠悠云水嵌明珠，逍遥仙可居。

滋澄影，润嘉蔬，风烟入画图。兴酣燕啭乐耘锄，笑中韵自舒。

蝶恋花·炎陵桃源洞吟怀

山隐桃源花雨渡。胜概风流，笑引歌朋旅。飒尔云环滋锦树，此迷幽影听燕语。

我乐自然茶慢煮，雅趣千年，寄傲闲寻古。绿溅寒潭生秀句，真成天缘心无误。

蝶恋花·云阳山览胜

洣水岚晴寻隐处。诗趣天然，春满茶陵路。应待酒酣酬燕舞，泉鸣幽赏随仙侣。

知得道情从韵古。梦醉人间，画境清如许。有感高怀留客步，为盟思远遥相顾。

蝶恋花·长江源吟怀

春渡江源歌画境。芳草无边，赋醉山河盛。峰掩云烟青润影，闲来取韵逍遥骋。

诗寄心期寻物性。莫误韶华，意旷烹香茗。风弄微波天水映，望中雨散悠悠咏。

蝶恋花·咏崀山

烟雨三湘横翠岭。天设奇姿，次第苍茫影。万籁通幽知物性，水云别有滋胜境。

须待醉来江月映。能笑浮生，梦眼图尘静。未计归程闲煮茗，先期画里依依咏。

瑞鹧鸪·酉阳桃花源抒怀

还期陶令一轻舟，寻源最羡尽风流。大醉嘉宾，未有喧嚣误。切切弦歌自近幽。

洞天玉韵藏春色，云山攒翠芳稠。名成荟蔚悠然，回望高城秀、画中游。世外闲情岁月酬。

摊破浣溪沙·青山谣

缥缈晴岚锁众山,林湍迂曲鸟歌闲。频见幽窗落梅子,晓光寒。

颜色一池韶景满,只叹风过绿微澜。香草郁芊红次第,觅清欢。

画堂春·牛车河

烟浮云水润清辉,莺歌细雨寒微。翠融千岛列珠玑。繁湿沾衣。

醉语鄂东春韵,与君笑宴甘肥。萋萋花草仟风媒。伴梦欣归。

临江仙·饮思想台有感

　　逍遥不误歌声气,灵源暂寄游踪。蝶酣心与酱香浓,论思魂醉舞花风。

　　闲觅清欢因雅质,影摇金盏春融。壶天一梦笑谈中,细听虚籁玉颜红。

满庭芳·繁林有吟

　　迥野风来,云峰翠染。春柔流水悠然。香尘满路,邀会醉天缘。谈笑韶光雨挹,湿颜色、清润华年。细斟后,将寻新趣,换了俚歌闲。

　　长廊虫切切,石阑苔点,随意花间。梦青山,文章写尽桃源。此际画中勾勒,小窗暖、静对莺喧。抛百虑,佳期无限,叶落问幽禅。

望海潮·咏莫干山

剑池沉影，云依山馆，澄波映蔚枝繁。酥雨静清，风环冷翠，画中春酿新泉。缥缈幻如烟。别墅花草嫩，修竹涵鲜。竞秀江南，嘉客取次梦天然。

凝心观瀑寻禅。笑嘤鸣远树，万籁随缘。酬唱候虫，招邀戏蝶，酒间感慨酣眠。极目觅灵仙。遇台多忆事，啸咏佳篇。此际流光爽气，逸韵控歌弦。

调笑令·额济纳胡杨林吟怀

行旅，频频顾。共赏幽音风满渡，长空水映栖羚鹭，藏入依依云树。飘飘自在胡杨舞，又道多情如许。

忆王孙·额尔古纳河吟怀

平野萋萋风浩荡。衔碧落、甘滋春壤。寂然烟湿眺牛羊,乐意逸、循恒象。

归马关山逍遥唱。飞雁阵、引杯神爽。千年九岭壮雄心,问鞭影、天骄王。

醉花阴·喀纳斯湖吟怀

半樽云影千般醉,佛光滋山水。风引雪峰中,古韵天然,画境称人意。

我寻简淡韶华惠,荏苒湖涵翠。俊逸唱无涯,笑任清衷,取次同欢憩。

一斛珠·巴彦淖尔醉中歌

诗怀醉貌,心酣宴唱爬山调,梦随朔雁天骄笑。也乐逍遥,闲伴春莺闹。

第一窖中先寄傲,无边平莽清风绕,酒传真趣寻芳草。壮咏雄图,契阔因年少。

菩萨蛮·咏衡山

一望鸿影风渺渺,千峰雾郁归清峭。诗气赋先贤,醉心梦洞天。

星辰皆笑傲,契阔自然调。简淡系禅缘,山翁乐寿年。

如梦令·咏天门山

　　略记洞天自秘,更悟深藏遗事。八德灵泉凉,碧润悄添幽意。风细,风细,露湿春泥步履。

　　香染莺喉蝶翅,醉语亭中清绮。闲赋壮怀新,归去流连无计。思寄,思寄,最忆慨然滋味。

虞美人·莫愁湖吟怀

　　群芳次第东风送,春事先吟弄。一城古趣暗凝眸,水院荷光款款绿间流。

　　烟横不语新枝动,未解归来梦。寂生寒色笑星稠,醉引秦淮异代月中楼。

唐多令·大慈寺吟怀

尘眼觉风柔,窗间云影流。自含情、上刹共良游。清梵法筵生百感,古时月、照今眸。

莺啭乐吟讴,禅机将意留。访高踪、墨韵千秋。真谛悟中知妙相,锦江梦、素心酬。

卜算子·咏圣境山唐安古寺

悠然梵呗清,古刹泉声近。翠隐幽窗雨山春,悄把慈光润。

闲咏草庙风,山路花枝引。待月添缘千古乐,相觅诗禅韵。

生查子·保国寺吟怀

嘤鸣入灵山,春水滋寒泻。寂历问禅缘,心绪生幽舍。
莲影涤清流,万籁循风化。飒沓晓光明,古意繁林下。

江城子·金山寺春咏

寺中妙语悟唐音,得良箴,解尘襟。风微燕飞,春韵浸甘霖。此际优游知净土,清梵引,瑞光临。

暂抛琐事惜而今,苦茶斟,乐禅林。无虑流连,花暖意殊深。自在浮云思佛性,清歌许,静初心。

端正好·风穴寺吟怀

潺潺溪山逢名刹。千峰峭、飞鸟嘲哳。一春凝碧景轩豁，逸韵浓、芳心惬。

漫寻禅缘风光叠。多遥忆、曾来轻屟。邀留野客尽怡悦，乐盛年、思缄札。

浣溪沙·白鹭湾生态湿地公园吟怀

一碧平湖润鹭洲，乐酬风韵共优游。酒歌触绪醉回眸。
点翠芦汀生水韵，流香花径近清幽。多情意满梦今留。

江城子·岳麓山吟怀

长存雅意势穹崇,醉幽融,亮儒风。芳涧泉鸣,禅韵润鱼虫。嘉树云悬藏隐客,传巨子,古今逢。

烟痕一棹弄青浓,话春鸿,乐游踪。岁月多情,诗里畅蟠胸。名刹赓酬闲四顾,心暂寄,笑谈中。

念奴娇·咏罗岩山

石阶生影,眺颠崖凝碧,流莺花气。涧水苔痕幽几许,闲里清舒人意。翁语璇霄,罗岩太保,封拜山灵事。悠然钟梵,一潭春韵寂尔。

目断虚籁苍烟,流连成趣,放逸心先醉。漫觅禅机微雨后,身入诗中云绮。古道风光,小亭佳话,沽酒歌行履。烹茶回味,吟虫今与栖憩。

沁园春·凤山鸳鸯湖吟怀

簌簌风间,凤凰山秀,春染碧潭。览林青花绽,潜鱼弄影,棹歌传韵,燕入晴岚。拟作鸳鸯,半依酒趣,闲赋逍遥乐世凡。人家语,知千年俚曲,大梦成酣。

问津八桂安恬,振衣笑、放怀醉态沾。品禅机万籁,新声古意,天香生暖,胜事回瞻。名士仙乡,流连有味,方悟清欢托素笺。佳音妙,得诗肠犹满,雨打轻衫。

沁园春·咏韶山

一望青山,千嶂攒翠,三市物华。道最宜清赏,水云无限,凤鸣韶乐,虞舜亨嘉。终占嵯峨,雨烟缥缈,羡此浮生惜有涯。寻新语,八景皆成趣,半醉天葩。

漫言往事人家,优游慨、禅机与苦茶。可凝心消虑,舒怀密坐,莺和春意,标韵惊嗟。渐觉消遥,能知初愿,远顾悠然归路斜。情须信,是随缘闲客,还咏年赊。

沁园春·鄱阳湖春吟

三境名留,月浸大江,平湖探奇。想富华春影,氤氲烟雨,东风馈爽,画里填词。犹话瑶章,旧传彭蠡,古事依稀觅道机。送鸿远,听渔家俚曲,以慰清姿。

南山取韵裁诗,倾苏子、片心崇自持。向水云洒翰,酒中万籁,归程草木,相许襟期。滟滟杯光,纷纷物趣,灯火人间梦几时。小窗掩,想扁舟浪打,吾意邀谁?

沁园春·春中长江寄情

水浸春光,断岸堆雪,缥缈烟云。古来藏高士,词源壮赋,笔前诗意,万感声新。岁月悠悠,闲赏佳景,自在人间悄问津。江潮涌,笑千寻铁锁,畴昔纷纷。

东风也助刘孙,捍王气、流年醉傲魂。觅无题简句,听渔家曲,对呼放浪,好酒犹温。鸿入晴曦,凭栏寄远,指顾青山浇半樽。不同路,写一时文字,雅趣今存。

沁园春·江家艺苑吟怀

绿道香融,玉蝶花繁,莺儿对啼。有敞坪童戏,亭台水韵,文章真味,醉赋佳期。可爱风光,自然物色,岁月悠悠皆入诗。太平乐,笑含情无数,取适时宜。

流连万籁华滋,锦江梦游心正咏斯。喜清歌得伴,邀迎共赏,唱酬随意,感寓天姿。一豁吟眸,流年不负,写景从容惬品题。因缘字,慷慨舒望眼,振藻犹迷。

物性辑

寻轲

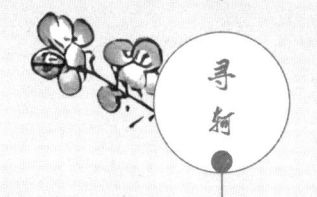

  熊轲先生乃始毕业之青年才俊，有幸走进先贤李杜苏辛吟咏之伍。几年有暇便耽于古之韵律，且粲然可观，显出不凡之才。吟咏中不仅恪守格律，恪守传统（诗遵平水，词依正韵，余爱之赏之），且入题广博，凡眼之所观、心之所想，江湖之大事小情，无不采之，故余凭己之偏爱向友好之士推之荐之，定不负耽读之心。

——王善同

荷韵有怀

步屐孤亭觅夏凉,对杯闲坐醉瑶塘。
红蕖映日涵姿韵,绿影流珠漾水光。
野鸟留声酬报意,浮云伴客细寻香。
欲添雅趣勾诗墨,任抒风骚润寸肠。

白鹤梁

天堑雾开归缥缈,鸟啼新绿报春知。
光盈三峡风柔际,云抹王都影动时。
细向琼文寻老笔,恰逢碑刻寄幽姿。
梦邀仙客分清籁,独引襟期各入诗。

枸杞引

十里韶晖夏气融,茨田日暖乐相同。
光摇晨露枝垂翠,景驻新城树郁葱。
陇上黄河肥沃土,道傍绿影滴珠红。
今酷枸杞酬诗癖,对客偏宜塞北风。

咏海棠

春中日暖饮糟浆,曲径花繁小院香。
莺啭柳枝啼野渡,蝶游萼片戏韶光。
初归书屋素心静,犹记海棠清韵长。
一束红痕添秀色,芬馨缭缭伴新妆。

水 仙

新垂绿意玉成妆,窈窕身姿缀嫩黄。
凝露涵容光净浅,倚风送韵气清凉。
文情漫起词华兴,诗债今酬赋月章。
得味欲求春旧事,晚时赠我淡馨香。

雨中荷

次第荷光诗景胜,小塘叶罩恋青痕。
雨花积渐成兴味,渔火依稀动梦魂。
静泛暗香风韵醉,凉生清籁露华存。
自然添色凝红嫩,云水天涵影一樽。

冬中遇腊梅感作

西风赠我破寒枝,梅韵幽寻唱旧词。
吟访浅深云雾境,意同芳馥雪霜姿。
俄惊醉醒游三岁,还许酬咨笑一痴。
此夜算来归计近,清怜形瘦两相知。

咏绿松石

思沉幽籁感神清,胜景相宜绿韵生。
玉质滴光因石雅,灵君得梦助词成。
引来异代萦心趣,吟笑青山触眼明。
祥物天然精琢治,浅痕自是尽关情。

紫　薇

草蔽雕阑影渐低，紫薇掩映彩鸳栖。
雨斜香湿红涵绿，人笑鸟嬉歌对啼。
蟾阙捣蓍求老桂，星桥牵线佩灵犀。
半酣邀酒醉眸子，贪赏新花与案齐。

牡　丹

簇蕊万千浓淡红，娉婷仪态镜湖中。
椒房影动争春色，行墨光摇醉道翁。
绿水游鳞清韵久，翠枝引蝶玉姿融。
拥团待客多香露，犹伴朝晖叶底风。

昙花一现

隐隐高楼蔽月轮,案头独倚算时辰。
阶前摇影良宵误,堂上浮香雅韵新。
堪爱一枝添翰墨,可怜双叶染风尘。
暂留颜色酬君笑,疑是秋来寄故人。

竹　颂

余寒未去君怀意,残腊埋根险峻生。
野岭凄寥添醒醉,荒郊寂寞惜清明。
高情不媚权门利,谦德安求世路亨。
应是本来存气骨,愿留洁志始功成。

金骏眉

武夷禅趣融丹嶂,碧水涵光育善田。
半透绒毫金珀影,多倾茶话玉瓷缘。
甘泉且试浇幽梦,活火更宜烹小鲜。
老友扶筇拈韵品,一酣妙绝取天然。

贺兰砚

调和雅趣砚池中,玉色流光自混融。
方寸雕镂文德气,千年书画塞关风。
静观涵影添清妙,闲语浮烟透朦胧。
待到嘉时酬墨客,助成老笔慰谦衷。

棋

挑灯夜半寂无声,弈者沉吟二子争。
摘斗纵横真国手,对棋寥落负雄名。
应须良日遗风骨,肯向银河入碧城。
好景难逢寻不现,烂柯谁解语狂轻。

咏 牛

谣韵悠悠过绿畦,暮天月上景沉低。
匆匆岁序光流世,默默耕耘影入溪。
不惧羸孱归陋舍,关心潢潦奋尘蹄。
老牛犹盼丰年事,俯首坡头爱稻泥。

檀香扇韵

绢面画描存巧趣,天生不与俗氛同。
旃檀雕骨牵丝锯,清梦乘云赠兔宫。
慵舞嫦娥金钿动,半遮颜鬓醉腮融。
倚栏颦笑摇珠坠,香满回廊扇引风。

饮 酒

其 一

千涧逶迤泻绿川,醇浓疑是取天缘。
影摇春盏迷庄叟,光聚鳞波醉酒仙。
应寄良宵云外客,莫辞蝶梦月中眠。

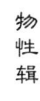

共吟风韵邀君品,胸次诗成赋自然。

其 二

一枕醺酣万籁新,飞舠回味口流津。
沉香尽醉三千梦,玉液浑涵百载春。
不减天心酬我意,应同乐事寄明真。
生涯莫负寻幽雅,花影盛来赋韵频。

其 三

春光涵影多闲雅,细细熏风染碧泉。
玉液清芬沉国韵,文魂幽润醉天然。
哦诗逸引开怀趣,飞盏花邀得月眠。
酬客分甘相续梦,际逢一品饮中缘。

其 四

斟来玉液取香频,闲对江湖万籁新。
胸次精神酬健笔,樽前风韵寄嘉宾。
飞觞速唱千秋醉,下榻欣逢一梦珍。
潇洒人间相续咏,清芬散作半壶春。

瓷 缘

三醉雅情承沉潋,饮罢品韵酿新凉。
冰瓷滴彩涵禅味,秘色融春隐玉光。
薄釉雕镌丝路迹,青纹记注炳琅章。
莫辞酬和同一笑,缘起名都万国商。

万亩荷塘

花嫩分明点染红,四方绿满自然中。
荷塘香入潺湲水,幽径云蒸馥郁风。
携酒迎晴莺眷顾,放船带影气冲融。
流连鱼戏心醇美,邂逅韶光解寸衷。

秋日见菊有怀夜中叙之

回望长街逢未易,迟迟花信动尘机。
始寻清馥思无数,惟恐缃枝韵渐稀。
幽梦何堪心事改,孤怀犹感夜声微。
欲邀陶潜同归去,一镜凝寒照客衣。

海棠盛放有感

湖畔千寻洒暗香,庐州春染浣诗肠。
眼穿莺峥酬酥雨,情寄童谣报岁光。
幽草皆随循性乐,海棠独予醉人章。
清风几度添颜色,总是悠然点曳裳。

夔州脐橙

新枝青染水凝烟,云净山围返自然。
先探卢幽酥雨潴,始夸春醉贡橙鲜。
撷尝香满迎闲步,题咏莺娇伴小眠。
古趣风流频入梦,村讴邀客寄丰年。

醉吟云门陈酿酒

酱香一品融融入,莺啭江湖万籁鲜。
静爱清光酬酒意,初生逸韵近天然。
偶逢振藻飞觞醉,偏忆醇儒染翰缘。
大梦仙游皆异趣,风流物外寄韶年。

捣练子·桃花

新叶嫩、绕窗香,寂寂摇枝得意长。此个花风如细雨。笑听燕语影双双。

浪淘沙令·醉荷调（李煜）

棹动湿芙蓉，颜色稠浓，碧枝摇曳滴酣红。酒醉烟萝人欲睡，误了游踪。

凝态玉壶空，雨打飘蓬，惊飞沼鹭扰幽梦。烛灺昏蒙惺忪眼，锦字朦胧。

一剪梅·春梅

枝染幽香入此宵，时见鸟影，多感和韶。寻常花下雨潇潇。春意盈盈，浅画眉梢。

最惜蕊黄记俚谣，诗解天心，韵取孤标。依稀灯暗话渔樵，换得东风，懒酌新醪。

浣溪沙·食小口大枣后感

水暖光和品味中,青枝簌簌气冲融。红浓香漾枣花风。

初醒老翁闲蝶伴,半醺莺燕待人逢。口甘心与笑情衷。

菩萨蛮·大荔颂

氤氲瑞气滋阳律,平湖沉影天涵碧。契阔颂秦风,同州爽籁融。

临云酬健笔,莺韵歌踪迹。砥砺笑年丰,峥嵘慰赤衷。

眼儿媚·梨花

纷若融融影暄妍,次第缀青山。香和雪色,晴窗半掩,坐语人间。

飘流几报春深浅,花倦客心闲。旧枝新饰,雨摧来早,画景当年。

浣溪沙·食靖远枸杞有感

翠影纷然暗滴红,茨田日暖夏风中。流连啼鸟物华融。
叶上光凝酥雨润,果间露浥妙香浓。丹青有趣尽三盅。

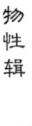

浣溪沙·食靖远文冠果油有感

日暖晨风燕绕窗,水融一盏果油香。闲来事简换衣裳。谈吐天然春物醉,书成自在素心扬。熙怡口爽蕴情长。

浣溪沙·食靖远旱砂西瓜有感

碧蔓绵绵颜色新,沙瓤红染齿生津。沁凉解暑慰亲邻。此个含香如玉露,时看滋益引嘉宾。轻摇蒲扇顾瞻频。

浣溪沙·食靖远黑瓜子有感

瓜子堆盘味暗生,笑思田舍向春馨。丰年私话拟邀朋。可伴韵词歌野趣,时听俚曲有乡情。风光一品得闲名。

浣溪沙·食靖远羊羔肉有感

闲日邀君醉绮筵,香浓调沃美时鲜。畅酣不误自怡然。
燔肉宜诗滋秀气,纷花佐酒润心颜。悠悠韶岁助春眠。

念奴娇·饮永春水仙茶

闽中茶趣,对逍遥烟雨,邀宾相揖。试味畅怀多沁润,母树光摇鲜碧。款语兰馨,英姿正好,坐笑欣香浥。牛涯期梦,永春还定雅集。

莺懒我品醇甘,天心未倦,月引酬诗客。影舞此时情自逸,应共长风游屐。不误年华,意归云物,俚曲歌青笠。超然音入,韵流佳句闲拾。

瑞鹤仙·广州红棉赞

古城多好景。留红韵,高姿巍峨孤劲。凭栏知香盛。酬花雨,身伴纷繁春影。东风点醒。意暗凝、琼枝隐映。笑莺儿懒啭,流光烂漫,岁晏江净。

拟作云霞满径,自是佳木,散彩随兴。偏宜啸咏。悦心动,拈诗赠。共飞觞,尽眺人间韶润,相期福地长庆。感天然习静,邀呼慢烹新茗。

调笑令·咏梅

香雪,香雪,槛外千枝玉洁。窗间几点红新,信知东风悦春。春悦,春悦,冬暖烟光明灭。

调笑令·燕燕

清啭,清啭,早报淳源婉婉,诗怀取韵天然,倾心自是燕园。园燕,园燕,迦迩春山悄茜。

浣溪沙·食大庙香水梨有感

曾伴梨花赋素襟,纷然叶响绿生阴。幸逢嘉友意沉沉。一口酸甜消肺火,十分感触养禅心。静中疏雨觅清音。

寻古辑

寻轲

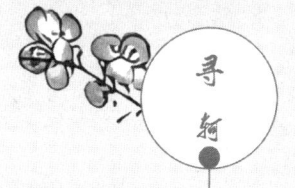

熊轲在诗词里多次用到"赤日""星火",说明诗人的心、诗人的诗都是火热的。这才是读者喜欢的,因为它总能让人在迷茫与绝望中或感到温暖,或看到希望。

——中国作家协会会员、河南省作家协会理事、河南省青少年作家协会秘书长　梦情

苏子归乡有怀

佳节高酣击玉钟,问君旧事各殊同。
多歧别路伤羁客,无限风尘倦醉翁。
心寂枕残檐雨断,烛光滴尽宴歌终。
折枝赠尔分春色,今夜相期柳下逢。

披云山寻古

势居三省楚云悬,揽尽苍茫隐碧川。
一片峥嵘千古脉,四时缥缈万寻巅。
见闻济世开真道,来往修心奉圣泉。
自是今兹情醉客,半樽烟雨爱天然。

武康郡王庙寻古

战尘遗事今萦梦,更醉唐风混曙晖。
犹感王归声振浩,永知寇退势衰微。
酒逢云漠春云入,魂向幽关劲草肥。
暂伴莺儿思远迹,可留古庙表庄威。

思　蜀

羽檄催军风涌怒,烽狼卷地影成霜。
蜀宫一叹轻安乐,猿峡三哀叙景光。
世乱堪伤渔父梦,功垂徒扰往朝疆。
沉沙旧事照今月,遗得人间两渺茫。

马 嵬

宝匣遗存绣岭香,霓裳久染镜轮凉。
凄侵夜帐生心绪,声入昏灯苦鬓霜。
梨叶不怜宫苑舞,杜鹃难唱旧人妆。
烽尘催迫哀归梦,玉辂碾绫随土扬。

雨中登古楼有怀

四野秋声逐水流,伴游不耐上危楼。
七分欢喜皆从客,一寸思量欲觅愁。
酩酊谁伤潘令赋,逍遥同羡范公舟。
黄粱揭破太虚梦,此个瑶台成土丘。

青龙山夏日怀明兵部尚书熊廷弼

回峰凝碧小亭深,偶遇碑铭共远临。
树隐祠寒花寂寞,山围墓在影萧森。
匡时无计辽天策,触物真愁水国吟。
诗祭泉台风彻骨,别君两处鉴丹心。

登古楼怀赤壁之战

朱红残旧万兵休,风雨千年伴画楼。
四面星悬明月浦,三更影动绿萍洲。
旌旗卷雨愁玄德,樯橹生尘老仲谋。
空望水天生寂阒,只言吟醉与谁酬。

燕云十六州

无限萧萧十六州,酸风卷地袭丹秋。
烽尘蔽野惊三殿,胡马临天饮百流。
望断江山千里雁,梦回烟雨八朝楼。
徒劳衰草掩今古,霸业空谈黯已收。

宓妃引

瑶水梳枕瘦骨匀,芙蕖映面自含春。
妆成独扣珠玑匣,舞引微生净袜尘。
聊尔一筵摇霓袖,笑颦双泪渥檀唇。
多情却道缘何散,烛照深闺锦字新。

临江曲

岸阔泱茫无所倚,孤峰蓄秀半藏曦。
沧浪冲石迎群木,渔父披蓑钓碧漪。
多少风帆云外过,两三飞雁日边嬉。
仙霞一杯几分乐,载酒笙歌醉自知。

从军行

朔漠风摧久劲寒,参商永隔又阑干。
辕门萧索骷髅泣,虎帐清寥介胄残。
空赋汉家晓梦断,更伤胡马半嘶酸。
王孙不识山河血,笙弄椒房夜宴欢。

忆崇祯

煤山老树挂清秋，帝子宾天逝水流。
破镜穸埋求只影，深宫点缀是新愁。
迷离古戍哀无策，放浪名园不自由。
颜色故墟今尚在，青云千古待谁留。

夜中嘉峪关怀古

朔雪如席飞北地，河楼秋月伴清欢。
曾传烽火遮云日，今见尘沙隐石峦。
雁去托心鸣旧国，诗来怀古笑南冠。
雄关将相谁身在，此夜霜辉洒井干。

江边怀古

画里闲来觅白鸥,烟笼小雨湿孤舟。
高楼今梦怀王宴,楚水曾沉隐客忧。
犹叹论心哀世事,亦悲鼓枻枉沙洲。
自猜杳渺吟魂在,怅望落花逐水流。

关山怀古寻胜

倚临平野连川塞,狼燧飘摇混翠岚。
青嶂萦回迷古道,洪流隐见守龙函。
适逢碎月分题笑,犹觅飞花劝酒谈。
大梦壶天成一趣,归鸿报暖可同酣。

宋室南渡有感

长泣偏安剩象鋬,壮心消尽降旗旒。
老吟旧迹三秋树,南渡遗篇十六州。
皆是笙歌遮散落,谩嗟鞍马逐风流。
哀言去国新朝雁,空负良人不见酬。

蜀道险

蜀中关隘锁层巅,鸿迹微茫翠点烟。
高嵘老松枯骨立,危崖古道疾风悬。
酒酣客到迷丹野,日晚猿惊泣皓天。
寄语流霞身似絮,一帆远影逝长川。

李白捉月歌

李白衔杯夜漾船,月涵江影水中眠。
三钟老酒风流味,八斗高才啸傲篇。
闹市鸣珂非物趣,春波击棹近天然。
梦疑羽化赊璇玉,偷向瑶房换几钱?

临水怀古

千里隋堤衔碧水,四郊烟笼隐望城。
古来龙卧遮黄日,春近角催惊绿莺。
拄杖临渊高峡断,携壶泛棹乱峰倾。
沧浪浩荡沉鍪甲,不见当年百万兵。

荆州怀古

孤驿风中望荡流，三足鼎立事停休。
长江浪影沉兵甲，赤壁涛声隐客舟。
回首烟波藏曜日，寄身楼榭混丹秋。
英雄不见还东去，壮士愁心是此州。

马嵬怀古

渔阳伐鼓动西京，唐室萧条愧点兵。
歌怨英辞追昔日，鸿啼沉醉滞笳声。
尺绳揭破孤途泪，草檄催驱铁骑鸣。
夜半柳斜春几户，哀哀抔土换承平。

哀胡笳

帝乡渺渺抱羸病，故国时衰奈若何。
山色寒滋孤塞泪，胡笳声引断肠歌。
两三语罢归凝噎，十八恨成总消磨。
惘对飞花魂欲绝，曲终影散尽蹉跎。

游洛阳客家之源纪念馆

路向中原立本根，缘生河洛馥兰荪。
九州名胜衣冠继，一脉风流气象存。
岁月新添知品韵，花源情许动诗魂。
天心不误传儒素，寄语神都醉几樽。

临夏积石关怀古

连峰峻极青旻贯，拱卫辕门错落山。
陇上黄沙融汉韵，霞间赤日带斓斑。
八音谐律河州调，万骑交军积石关。
故垒向来多激壮，塞前披甲显韶颜。

穆王传奇有感

银河绰绰倚琼楼，空逝滂滂夜不休。
瑶水光涵寻尺鲤，璇房影动觅红筹。
仙娥缱绻樽前舞，翠佩玲珑席上投。
月下镜清浮玉色，细描眉黛梦江流。

天山怀古

千秋关塞势巍峨,一笑征尘岁月磨。
壮气最宜留健笔,忠魂不负照寒波。
风酬笳鼓天山箭,酒为衣冠大漠歌。
试问雁声知几许,曾传长啸梦犹多。

思汉帝求长生事有感

汉宫寥廓晓烟轻,曾守丹炉意不平。
仙掌浮虚承片影,天河凝寂泣长生。
文章空忆惊鸿迹,风月难怜问道名。
素女独栖愁涕夜,莫劳孤鹤报离情。

朔北怀古

朔方萧瑟控胡弦,千里黄沙卷半天。
戍卒披云经绝地,狄儿勒马饮长川。
锈刀难觅英雄手,金阙无多国士贤。
霜雪终年侵老鬓,恍然空剩日常悬。

过古天文台遗址

仪天揆日起高台,残雪纷纷望眼开。
山月荒寒空草树,客心闲淡染风埃。
何堪寂寞无时梦,谁解寻常未定才。
惟有长生虚自语,只惊仙殿隐今来。

孔子宰中都遗址抒情

古殿声清访大儒,仁风沁透渡平湖。
意中家国皆文润,柳下青衿感鲤趋。
绝胜南窗花沐瑞,偏宜东鲁凤鸣腴。
欣劳屐齿灵源醉,梦拜先师探月珠。

西山思贾岛

吟赏新晴知境胜,青浮林壑醉燕京。
蝉藏塔影风声细,花染岚光露彩清。
相觅驴嘶酬瘦骨,闲游酒熟荐诗名。
推敲唐韵逢莺度,无限禅幽万籁盈。

吟贾岛

斜风夜夜散星光,空寂依稀藏漫郎。
披服歌诗躯骨瘦,染翰书字墨台香。
碧山渺渺销孤影,新句寥寥断寸肠。
白首难堪文簟冷,夜猜红叶落谁堂。

夜读书哭李商隐

夜半摊书频问客,今春次第不逢时。
尽归虚籁无题韵,聊寄红尘入梦姿。
惆怅雨花销逸味,踟蹰后代泣清诗。
又寻遗札谦谦语,三两涂鸦墨作痴。

待渡山怀古

茌苒翠华传待渡,林寒塔影正萋萋。

凭高虚迥多相忆,览秀幽深纵赋题。

愿寄春心遗韵古,欣从花信素光迷。

曾知雨过思成梦,又向长风念宿栖。

谒金门·朔方郡故城怀古

叹金缕,迢递汉疆归路。昏日萧萧酬韵古,飞沙催片语。

曲散长歌堪误,惟见寒枝朝暮。隐意渐生风正怒,多情思如许。

更漏子·塞上吟古

雁鸣山，断霞染，传唱酒肠诗胆。星火绰，晚沙寒，醉中云日宽。

孤城暗，俗心淡，塞曲又催百感。窗影乱，望炊烟，惊鸦风里眠。

望海潮·失路怀古歌

歧途凋敝，千峰烟瘴，古来骚客先悲。衰草负霜，枯枝倚日，风疆万里厎颓。喝退羯胡儿，北雁返荒服，骅骝鸣嘶。村僻萧条，云树影动，了无期。

故人离散虚夷？剩孤鸿掠过，啼入残霓。伤酒醉昏，怊惆绛阙，烦嫌川陆颠跻。杳杳远山迷，驿中琵琶语，哀响追摧。病骨何堪断塞，信札忍销遗。

田园辑

寻荷

敏锐的观察，灵动的笔触，隽永的文字，高雅的情怀，或闲逸，或淡泊，或简笔勾勒，或工笔细描，构思巧妙，意象新奇，恰似一帧帧被定格了的画卷，令人过目不忘，似深得王摩诘、孟襄阳之真传也。

——张正聪

观春耕有感

幽草萋芊覆浅塘,俚歌唱尽话风光。
蜻蜓时见争新蕊,青影春衔染客裳。
际会梅魂真性朗,沾濡韶气圃泥香。
欣逢垂柳伴耕叟,更羡无喧惜晓凉。

山村偶感

客至江村老酒迎,篱前犬吠唤醒醒。
绿涵山道溪声寂,红伴芳香柳色青。
烂漫春光宜地润,啁啾群燕助农耕。
长期酥雨载秋梦,垄际乡歌爱好晴。

村中闲吟

苍茫新翠连山寺,次第红云绕几家。
馥馥晚风春水静,萋萋幽草断碑斜。
持杯空自迎飞絮,欹枕邀人点苦茶。
细听莺儿巢里曲,趁闲涂墨染苔花。

乡村寻乐

素晖沉水村园静,光彩潆潆霁色清。
我醉青山成客旅,童来幽径觅春莺。
依依柳树车尘少,袅袅人烟灶火明。
欣遇世间千种味,闲歌岁月自多情。

游　村

林壑萋萋隐雨篷，小窗衔绿酿新红。
探幽崎险天然客，拈韵村墟简朴风。
独入泥途人影淡，欣逢野趣粲光融。
此间得味添诗稿，信手栽花墨色中。

望　村

韶光隐隐染飞花，聊遣诗怀影自斜。
清景水涵归胜日，碧虚山拥倦栖鸦。
风催不扰横塘静，春伴先寻老圃遐。
行到小楼逢远客，两三私语念谁家。

夏日水村雨后

阶前暑雨初清润,野渡萋萋柳散丝。
蝉响空林幽可醉,泉鸣曲涧静成诗。
新声抚慰桃源梦,瘦客讴吟树蕙辞。
纸上涂鸦添古趣,犹欣烂漫不言羁。

农家游

小院烹茶烟缕细,日斜碧树逸情长。
开门老犬眠花径,隔岸山鸪觅翠光。
邀友戏题田事句,放歌欢寄胜游章。
爽然兴动人多醉,野舍先尝一品香。

常青村红树莓采摘观光园寻趣

气润农家岁事忙,雅宜天趣化新凉。
枝间叶蔽娇红影,垄上莺喧浅翠光。
雨濯良田滋树势,风依老圃育莓香。
日斜共说分篱落,好寄闲情俚曲长。

村中闲居放怀

庭芳次第晓光新,莺啭高枝柳作邻。
邂逅风添吟古韵,流连雨涨浣花春。
优游醒醉闲承意,简淡生涯暂寓身。
每忆佳辰多梦语,寸心随遇放歌频。

垄上吟

雨斜垄上润人家,柳影涵光伴墨花。
四望广衢连碧落,三吟云厦触青霞。
放歌笑劝八分趣,招客闲斟半盏茶。
遥认星文皆淡雅,嘉辰酬月慰清遐。

村 居

回眺千村伴惠风,红栏翠影气融融。
鱼游荷底溪光浅,犬吠阶前草色葱。
四顾向谁酬笔墨,寸心聊表誓鸥鸿。
韶华共品三沽酒,又得闲来笑语中。

塞上农家乐

昀昀四野鸟嬉枝,水漾粼粼赠一奇。
香满人间田熟日,秋融流艳鲤肥时。
三倾觞咏偏宜性,半醉韶光不觉迟。
塞上长歌邀雁迹,莫辞清酒酿新诗。

归　田

酒醉竹篁山路斜,野翁不羡帝王家。
携壶泛水通银汉,步屦披云倚翠霞。
遥忆梁园多驻马,空闻金谷乱啼鸦。
田间先得春阳暖,烟锁深宫未着花。

观老农春耕有怀

田父春耕携倩秀,沾湿碧影落酥油。
茅屋低小流烟隐,山气晚凉叠嶂幽。
稍冷岚光涵径柳,轻吹野气绿汀洲。
蓑衣细看添霞色,习静千畦恋水游。

山居茶中吟

碧霭苍苍截断霞,闲池浅影照寒鸦。
山门吊古添残醉,驿路逢人自点茶。
笛起野田何处语,船移江馆半城纱。
兴酣解佩寻甘露,不羡朱袍鼎食家。

乡间夜读书

暂居野舍多嘲哳,烟雨交融扰蛤蟆。
常守铜壶筹朗夜,最宜活火煮团茶。
不知明烛清光浅,独爱新篇众口夸。
书韵袭人濡墨久,三更影动乱涂鸦。

普洱乡村感怀

山歌数曲鲈鱼脍,普洱人家鸡豕肥。
骚士围炉温土酒,老翁见客语苔碑。
明星向道空庭闭,寒月穿林乱叶飞。
望妇烹茶烟入梦,夜深烛烬盼谁归?

农家乐

雨后香凝游柳浦,醉生农舍简宜居。
灵源花嫩春芽小,幽岸云低绿影虚。
惟寄俚歌酬社燕,莫辞逸调答缄书。
闲吟风物烦纡减,欲向千山觅本初。

夜宿六盘山人家

再逢夏趣听真籁,静憩流萤解寂寥。
星渚隔云悬绝涧,露华涵碧待清朝。
峥嵘古道松风晚,点染奇姿绿气韶。
一梦空山迷去路,灯中徒羡紫芝谣。

洒　耳

远观山寨日光多，两岸齐开势郁峨。
树叶半遮添翠幕，瀑流倒挂洒银河。
村姑蜡染挑花布，老妇丝飞织锦梭。
对影倾心三盏酒，兴酣舞悦学民歌。

游山春中吟

万事今抛语素情，邀宾步屐废虚名。
春山淡话浮空翠，村舍闲坐返太清。
历落峰回鸿影下，朦胧路远晓光盈。
俗缘未减心无虑，待得安眠晓梦生。

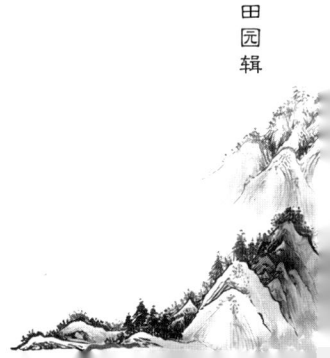

寻柯

饮楚天凤凰山茶

款款烟融惬小暄,双峰攒翠入仙源。
诗宜佳茗酬真味,意得禅机悟善言。
天趣灵和香韵静,碗花清雅籁声繁。
长歌振藻寻芳侣,惟愿怀情语不谖。

绿茶寻味

韶光涵绿田园韵,浸润江南叶雨声。
细赏冰瓯浮景淡,宜斟春露溢香清。
小诗徐婉缘酬趣,佳色流连坐唤莺。
今古逍遥歌不倦,洒然一盏醉怡情。

弱冠田园饮酒寄意

交游一笑连城翠,幸有长歌醉少年。
初熟山茶调素质,新肥涧草育幽娟。
杂诗同寄桃源误,高致相寻洛浦缘。
只恐解酲流景短,眷言恍惚未成篇。

夜卧山中民宿

气生千壑皆盘曲,水石青凝细细流。
望处峡深嗟路断,游时雨挹信花愁。
吟风胸次多逢寂,泼墨人间半是幽。
独有影清归小趣,寒茶一味不堪酬。

雨中赏荷偶感

万籁天然入画图,闲来醉里论真无。
雨滋绿影浮清味,风拥绷荷缀玉珠。
感慨幽禅寻韵笑,流连野步寄怀娱。
听莺偶望村烟远,须信逢人意不殊。

雪村寻趣

窗影纷纷雪报春,佳时幽胜景光新。
酒旗犹伴丰年宴,杨柳多留倦客尘。
不羡桃源因笑口,每欣绮语赋闲身。
敲诗寻趣千樽梦,三顾村翁寓意频。

村居见景有感

幽院禽声隐碧丛,相逢对饮性由衷。
世喧岁月酬虚象,燕入云山别钓翁。
空有多情随意句,才生不定醉心风。
梦稠无计催新唱,强韵终归寂寞中。

乡村寄心有感

舍田青染引游踪,闲望烟村倚瘦筇。
梁落燕泥因景恰,栏添花事逐香浓。
名山影里诗盟惬,春水光中醉画容。
小憩樽前邀野柳,同歌俚曲喜相逢。

乡村览胜

身留画里乐溪山,花簇翠微真籁间。
风送流光香次第,云连幽韵影潺湲。
赓酬俚曲千春秀,笑语兰肴一梦闲。
还喜歌怀知醒醉,莺陪中酒润韶颜。

武夷一品金骏眉

试唱田歌撷翠行,雅称天韵醉峥嵘。
暖回写意逢花照,风入煎茶赋雨生。
闲饮半盅频送馥,还酬四座漫邀莺。
任随山趣依春信,解语谈禅对景倾。

田庐乐

聊得稻畦童叟趣,居然曳履濯清辉。
樽前酬逸因风醉,篱外添新带韵归。
幽隐无喧听雨砌,鲜荣自乐顾山扉。
尘中小憩留闲静,几度春歌散翠微。

山川乡七星谷吟怀

游观山水话天然,木落云流在有年。
同赋窗虚酬竹韵,共倾林静醉人烟。
诗书情取村居趣,宴乐香生笋味鲜。
闲伴幽怀今任觅,偶逢镌石七星缘。

如梦令·望远

缥缈古村风疾,怅望白驹催客。冷落影青青,多是红尘旧迹。思溢,思溢,泪湿春衣游屐。

鹧鸪天·空山鸟语

满眼寒荒限逸量,空山野鸟冷清光。馀花摇落平池寂,残叶萧疏曲径黄。

枝上菊,瓮中浆,驴嘶客道半虚凉。江天瑟瑟秋容晚,总叹西风暗负霜。

虞美人·出游

花间曲岸留莺舞,雨叶生香露。深深绿掩误春舟,不负心思画里别轻鸥。

相期暇日听村语,醉后先应许。客催惊绪晓光流,料定长歌远意上琼楼。

渔家傲·村居

曙烟微凉空梦少,村家自乐耕桑早。三两流莺啼日好,民歌调,泥融翠满田间笑。

一望平芜风袅袅,欣逢叶繁新芽小。最是峥嵘云水妙,酥雨到,山翁倦憩怡然貌。

齐天乐·春耕抒怀

蝶迷共醉湖山远,晨耕水天相润。淅沥莺喧,俚歌酬唱,泥暖蛰藏青蚓。流连香嫩。雾锁绿窗春,久期声问。澹澹清波,一时好景两头论。

韶光催促矜奋,百般农圃事,不辞家酝。散意悠然,也知风俗,先寄诗心半寸。幽深人困。道世味更新,未添忧愠。白眼长生,垄间裁短韵。

素情辑

寻翎

"麻雀虽小,五脏俱全",诗词亦是如此。辑中作品于格律、布局上深谙其道,且感情真挚,富有思想,值得一赏!

陇上雁

见翁吟

年年风味何曾减,看罢秋妍混雪泥。
胸次趣来归大梦,醉中蝶散晓天鸡。
心空不羡商山客,意远当寻碧玉蹄。
稚子何须哀朽老,笑言涂字影倾低。

宝严寺怀弘一法师

绿隐山门硕士踪,久闻遗事动襟胸。
墨痕承韵修禅智,幽处谈经解律宗。
遥忆暗求倾膝念,低徘惟有托心逢。
怅然垂泪今时客,最是多情梦里浓。

怀念马萧萧先生

忆昔横经瘦两肩，夙心耄耋托韶年。
诗魂漱润文坛象，正性推寻国学缘。
怀旧慕贤追健节，感时垂泪诉精虔。
几多纸蝶飞碑垄，长吊骑鲸归自然。

赞苏剑飞烈士

缅忆捐躯信俊雄，征途辗转奋殊功。
长吟碧血精光满，誓志金瓯战气中。
英秀开新酬剑胆，高谋济世鉴飞鸿。
昭彰岁月忠魂在，定赋丹心许国风。

步慕剑超老师《祝贺吴堡县诗词学会成立暨〈词〉创刊十周年》韵二首

其 一

须待初晴款款寻,吴山静卧解风吟。
文光道载功无限,诗梦天成笑不禁。
八景春韶标韵古,千畦衍沃旷怀深。
闲来犹爱推敲瘦,一品十年寄素心。

其 二

长河韶秀绿盈春,二碛天涵物象馨。
高咏情萦得梦久,承学墨醉聚缘珍。
摩研十载诗脾趣,谨守一心丽藻神。
文海争鸣同索解,相传盛慨破浑沦。

庆文友学校文学社成立五周年

放步古都多毓秀,遥闻莺啭画栏中。
开新五载留佳气,寄远千樽醉雅风。
不负峥嵘时势胜,同欣荟蔚岁华融。
凭高分韵舒游眼,笑语偏宜济美功。

贺青海省楹联学会成立五周年

争妍西海金风度,胜事萦怀育好秋。
五载雅词寻古意,一樽淑景解清讴。
韶华有韵联吟醉,格律多情对酒酬。
寄附灵源添振藻,三江影动墨中留。

贺成安县文联成立三十周年

清游胜境皆天趣,燕赵争讴拓落情。
一笑月波酬赋醉,卅年艺苑惬嘤鸣。
相传妙技莺花梦,犹寄楹联楮墨声。
意向诸贤留雅韵,时芳入画润春城。

廉　心

纵览前贤竭朴忠,守持壮志出蒿蓬。
少年廉洁松乔质,老大清明鼎鼐功。
书语依稀寻影迹,精魂抖擞拨空濛。
德馨能赏春中味,香泛人间两袖风。

脱贫攻坚

几载勤劳除疾患,百家竭力献鸿猷。
乡人良地随炎日,渔者中流誓白鸥。
笑语连连书信寄,笙歌袅袅溯江游。
今朝砥砺筋骸健,不盼君王拜冕旒。

清廉颂

刚肠靖节廉知本,终古青松解性真。
长守清标民乐岁,欣承静德善酬身。
藉兰雅赠桃源醉,折柳搜吟化国春。
敢向贪泉持气骨,留心案牍誓添新。

会师有感

会师一笑慰丹诚,岁月峥嵘济峻声。
血战碧澜滋古渡,魂归旗影耀铜城。
频传星火风敲梦,先赋长征气振缨。
百载徽祥肥陇草,相承酬志向春清。

南湖思英烈

跃马嘶酸暗故音,鸿声唤客怅然寻。
相逢泪溅辞亲路,共愿幽歌报国心。
水次酬知开社稷,中流酹献济尘襟。
南湖几问当年月,我与关山解楚吟。

礼赞建党一百周年

红旗擎举雨声多,骀荡南湖泛碧波。
梅性寒吟成岁月,春雷心与恋山河。
峥嵘彻骨千腔血,慨慷凝眸百战歌。
青史撷英酬社稷,同承夙梦势魁峨。

庆祝中国共产党建党一百周年

南湖烟水记鸿篇,共擘中流鼓浪前。
酹酒红船星火迹,争鸣厚土秀春天。
殷勤沥血染碑字,黾勉开新倚绝巅。
岁月峥嵘酬启曙,雄鸡啼唱报尧年。

庆建党百年感作

携袂投身计骏图,济时聚散沫相濡。
精醇不愧芳魂贵,契阔悬知众籁殊。
汗血慨然凝缟练,石碑自尔荐江湖。
百年接踵长征气,酹史须知学烈夫。

建党百年抒怀

素情砥砺生星火,正道兼程破大荒。
千古天擎传圣学,九州民定话尧章。
魂随碑石青山秀,身逐花源碧水长。
血铸锤镰呼胜事,中流酹史耀华光。

百年忆南湖

飘渺雨深寻国计,星河朗曜辟新流。
青山血润春芳沃,碧水心随古壑幽。
接力百年知韵格,访踪万感誓天鸥。
共擎赤日遗碑字,影动九州胜迹酬。

建党百年有怀

劫波历尽寻真践,先当匡危奋迅声。
牢落纵横推党议,艰难开济鉴平生。
势随渎岳鸿猷愿,梦逐关河跌宕行。
自感百家添燕笑,许身未及论归程。

建党百年吟烈士就义

胸次坦然趋正道,共从源水净刚肠。
南湖履践承星火,北斗垂光济大荒。
泣血寒生怀土夜,忧时影浸示儿章。
更吟铁壁酬春月,酹史华年向昊苍。

百载少年心

新潮肇启望神州,星火开承济迅流。
画舫行知成大义,锤镰誓愿许金瓯。
半毡香馥归魂醉,千古声传酹酒酬。
慰励英华春唤渡,时宜曙色溯源游。

忆南湖

韶光驰荡推时势,潮涌中流力不微。
笺贺风云成韵胜,碑书汗血誓魂归。
烛花写影丹心授,山骨知春社燕飞。
星火熠然生浩气,新腔奋迅聚驰辉。

诗迎 2022 年北京冬奥会

五环华夏展英风,瑞雪踹跶逐梦中。
光影添新城绮丽,往来崇礼气和融。
嘉宾际会流年醉,飞鸽翱翔意绪雄。
游伴灯花齐竞秀,升平举酒众心同。

植树造林有感

春前郁蔼岁峥嵘,村坞幽然鹊喜鸣。
迥野成林人户乐,嫩梢滴翠涧湖清。
父师躬率开黄土,子弟承当护太平。
我觅山光皆入眼,便歌万籁爱新晴。

扶　贫

扶贫争战梦终圆,挥汗淋漓驱世艰。
众口多歌通旷宇,良田一碧映连山。
殷勤报国千秋路,薄俸安民万户颜。
又沐春风添福祉,笑言新岁憩花间。

脱贫攻坚丰年有感

垄头清爽翻秋浪，抖擞田家收黍忙。
弊事驱除贫境绝，初心不失谏函良。
膏流滴滴涵新色，情寄人人守景光。
多载丰盈千斛喜，笔耕翰墨弄奇章。

路桥建设工人赞

春江长风起玉龙，汗融乡梓物情浓。
天然遣兴青山醉，气象无忧大道逢。
此寄初心舒望眼，新过燕子伴游踪。
殷勤三叹芳名正，甘济韶华志满胸。

赞罗荣桓元帅

煮酒争锋论战酣,力扶家国践雄谈。
同怀誓愿明心上,不负忠魂济鄂南。
我辈瞻依星火仰,此身契阔雁书谙。
快游慷慨酬曦景,梦寄征鸿自饱参。

荷韵颂廉风

翠盖承波画卷中,喜兹水韵漾新红。
露滋粉瓣涵清静,池映香痕助混融。
抚景宜闻循律意,趋时可鉴治安功。
吟边缃帙芳馨溢,酬酢生涯两袖风。

清廉赞

廉入胸间成治本，惠泽国政景光新。
百年骏业躬称济，一片勤心俭为民。
且喜耕耘花雨浸，相逢盛世燕游频。
飞鸿愿与约盟誓，同醉韶华语好春。

望汾湖高新技术产业开发区

江水沉沙肥沃洲，汾湖城市景悠悠。
人群杂沓成佳事，树影婆娑凝翠流。
道路交通千户悦，韶光融冶百舸游。
新年白泽驰郊野，瑞气绕楼春不休。

回忆"十大军事原则"提出

风涌山河济太平,锤镰承志鉴湖清。
开襟能解匡时迹,染翰已成报国声。
十论战云知正法,一怀文墨誓心盟。
红旗兼夜驰星火,醉入春妍忆至情。

赞"十大杰出消防卫士"刘本成

感慨荣光因践陟,安居可望眼中寻。
橙衣不负推模范,大任无惭守片心。
契阔胸怀家国梦,追随意与正清吟。
壮游漫道留芳气,愿誓韶华慰素襟。

赞金善宝院士

辗转江湖解淑灵,竞新守训觅真形。
居心简淡清风惠,育德端严俊誉馨。
长伴春华惟载道,先推学子共横经。
一身正气承深意,频赞廉公后辈听。

怀江姐

系情化国争开智,期愿韬涵转徙频。
犴狱还酬遗稿梦,镣枷不碍笑时春。
激扬侠气驱阴散,维捍锤镰竞日新。
捷报流传侬素念,幽吟薤露继青筠。

怀念赵尚志烈士

万物峥嵘铸铁军，心存乡国捍奇勋。
此生信守朝阳志，无憾豪吟御寇文。
照水振衣承素业，临危骋目誓青云。
今酬鸿藻怀清气，定驭风雷壮骨筋。

追忆方志敏烈士

信江澎湃下弋阳，千载龟峰集浩茫。
碧水泛舟沙浸口，丹山寻寺雾连堂。
曾留杀贼中兴志，不乏奇才大定章。
持酒邀星天作客，梦思国士聚家乡。

水调歌头·怀念慕生忠将军

英气在吴堡,策马战关山。大旗曾绕烟雨,投笔醉春繁。筑路高原名颂,奋力生涯圆梦,心誓话尧天。开济屡回首,潇洒笑当年。

秀河岳,留墨韵,誉望传。永怀报国,常守风骨志新篇。多念忠魂情涌,日月昭昭相共,顾盼换暄妍。仰止寻踪迹,酹酒感依然。

浣溪沙·喜迎二十大寄语大荔县

渭水长歌感物融,同州湖影度春风,莺传富盛乐村翁。膏润平畴成气象,心凝大荔誓云鸿,运昌奋迅尽开胸。

南乡子·喜迎二十大

锦簇旗风,不负初心胜概雄。梦绘韶华邦计振,情浓,众许精神画舫踪。

志誓云鸿,阅岁依然曙景融。回首昔年承正气,邀同,今向征程表意衷。

苏幕遮·喜迎二十大

净虚怀,明旷志。感入吟笺,奋起新程史。沥胆擎旗酬万水。英迈争流,开济当如此。

梦今朝,文璨绮。韶岁清平,慷慨歌多士。千策为民寻大计。心向厚坤,一笑峥嵘势。

采桑子·咏北斗精神

巡天北斗星图阔,穷测玄机。可慰初期,华夏千年一梦知。

文酬巨擘风遒劲,不负鸿辉。朗耀清时,笑解诗声赋桂姿。

卜算子·颂北斗精神

取次碧云天,北斗开望眼。月色昭昭星璀璨,好梦酬春晚。

赋韵笑飞槎,寰宇风无限。心济鸿猷魂契阔,不负神州愿。

鹧鸪天·雷锋颂

未负流年不朽歌,思存德范梦犹多。每怀岁月知胸次,时忆心期育善和。

春泥染,大钧磨。精神长颂笑莺梭。助成民物推新象,化与东风润碧柯。

忆秦娥·老妪

多鬓雪,年年盼顾双眸竭。双眸竭。一声抱恨,一声心血。

半生瘦骨归凄咽,惯看桑梓音书绝。音书绝。门前岑寂,榻前无别。

锦缠道·贺汝州市诗词学会更名

翠暖莺歌,十五对年腾茂。韵流醉、汝州攒秀。时欣慷慨开新后。振藻吟怀,邂逅邀嘉友。

眺瞻依惠音,畅摇风袖。物纷然、趣留诗酒。壮寸心、气象寄同梦。长途求索,契阔仍携手。

满庭芳·紫金县苏区革命旧址吟怀

碑字传情,韵酬星火,血田北斗凝眸。惠风阵阵,忆史素心留。红屋绿沉依旧,精神在、无数芳猷。莺歌婉,新程不误,年少济清遒。

誓圆华夏梦,青山畅茂,碧水悠悠。待好音,笑中百姓金瓯。意向锤镰骏烈,开胜迹、勇立潮头。同求索,吟添万籁,奋笔记佳游。

瑞龙吟·纪念一二九运动感作

寻踪迹。忠愤报国当年，不欺民力。逢时一笑天涯，精魂契阔，期程振策。

顾怀忆。风景得春成势，劲松凝碧。知心默对沧溟，从容步武，瞻依骨质。

真是师生英气，抗尘争赴，炎黄遗脉。青史汉字千秋，嘉士贞立。开笺答问，匡济推新律。江山秀，惟兴华夏，扶摇六翮。寄傲乾坤辟。激昂故事，流连醉墨。姿韵存绸帙。花次第，光阴今言如织，衷肠勉慰，北平吟笔。

哨遍·贺湖州学院一周年校庆

酥雨散珠,空翠湿衣,次第流芳影。归燕乐,遣兴梦浮生。笑弦歌一载形胜。浙北名,相宜雅怀风韵。纸间染作丹青境。传锦绣尧年,人文荟萃,回眸为谢率性。眺长路醉话恋春城,客久识岁月慨幽情。砥砺求真,先盟飞鸿,远天水映。

听!欣聚休宁,竞贺新途激昂咏。漫步多酣畅,不负九域明盛。共邂逅游园,思寻知己,终期俊物承清劲。温典训时光,依然百感,无尘初心犹敬。引繁华快意顾莺鸣,奋今日谦谦养兰馨。润桃李、潮头同庆。臻操宣力开拓,壮篇成雄志。愿随擢秀持盈践陟,学子莘莘得正。且欢声振瑞祥荣,谩忆频、启程诗赠。

满江红·青年歌

情与云程,忆曲折、红船烟雨。泛中流、昭昭北斗,自明前路。筑梦九州擎日月,领先契阔心如故。望帆影、慷慨颂江河,同横渡。

东方曙,今古赋。知社稷,迎朝暮。新天论绮年,昂首高步。大道争驱留正气,承安开济锤镰护,向潮头,砥砺振精神,多回顾。

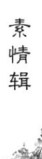